불량하게 나이 드는 법

불량하게
나이 드는
The Liberal Old 법

세키 간테이 지음 | 오근영 옮김

🌱 나무생각

이 책은 《불량 노인이 되자》(2001, 나무생각)에 본문 그림을 추가하고 표지와 제목을 바꾸어 새롭게 출간하였습니다.

책머리에

삶은 제각기 다채롭게 보여도 근본은 하나라고 생각합니다. 나는 학교를 싫어했고, 전국 산야를 방황하며 걸식행각까지 한 끝에 부처님께 가르침을 받았으며, 조각과 골동품에 대한 사랑으로 지금까지 살아왔습니다. 이러한 나의 삶과 생각을 사람들에게 이야기하자, 이따금씩 "선생님처럼 살려면 어떻게 해야 하는 겁니까? 좀더 구체적으로 가르쳐주십시오"라는 질문을 듣곤 했습니다. 구체적인 실천방법을 알려달라는 것이겠지요.

여기서는 늙는다는 것에 대하여, 술집에서 술 마시는 법, 왜 이성 친구를 사귀어야 하는지 따위를 구체적으로 쓰려고 합니다. 밥맛없는 사람 대하는 법, 내 식대로 스트레스에 대응하는 방법 등도 공개할 생각입니다.

참고가 될지 모르겠지만, 그 덕분에 난 81세인 지금까지도 거뜬히 살아왔고, 지금도 기운이 펄펄 난다는 것만은 확실하니까요.

조각가 세키 간테이

차례

1

여든한 살 불량 노인, 여전히 건재합니다

4

'여행'으로 인생의 때를 털어내고

5

인생, 타성이 생기면 끝장입니다

여든한 살 불량 노인, 여전히 건재합니다

1

선생님,
어찌 그리도
기운이 넘치시는지?

문득 정신을 차리고 보니 어느새 여든한 살이 되었구려.

어릴 때의 친구나 동창생들 중 많은 이들이 전쟁으로 죽고, 남은 사람들도 빗살이 빠지듯이 대부분 저세상으로 떠나버렸습니다.

우리 세대 사람 중에는 이제 '고려장'이라도 하는 게 낫겠다는 등 스스로의 종말을 생각하는 사람도 있습니다. 나 말입니까? 고려장이라니 천만의 말씀. 아무리 나이를 먹어도 인생은 지금부터라는 생각으로 삽니다.

지금도 50대 무렵과 다르지 않은 나날을 보내고 있지요. 오히려 '점점 기운찬 영감이 되어간다'고 주위에서 어이없어할 정도라오.

작가인 아라시야마 씨가 "간테이 영감은 기운만 넘치는 게 아니라 '색골'인 데다가 '못 말리는 불량 노친네'"라고 어딘가에 썼더군요. 확실히 연령적으로는 이미 '영감'이라고 불리는 게 걸맞지요. 나는 이 한마디에서 아라시야마 씨다운 따스한 시선을 느낍니다만, '색골'인 것도, '불량 영감'인 것도 인정을 하겠는데 아직 '노친네'라고 불리는 것은 왠지 마음에 들지 않습니다. '색기'도 지나칠 정도로 많다고 생각합니다.

나는 조각가입니다. 오랫동안 불교 수행을 하며 유랑도 했습니다. 그리고 남자의 평균 수명도 진즉에 훌쩍 넘어갔습니다. 인격이 완성된 괜찮은 영감을 상상하는 사람이 있을지 모르지만, 나에게는 역시 '불량 노친네'가 더 어울립니다. 이 말이 나를 가장 적절히 표현하고 있다는 생각이 드는 데야 어쩔 수가 없다오.

이런 말을 듣는 것이 내게 있어서는 '여전히 생명이 번득이고 있군요' 하는 말을 듣는 것과 같으니까요. 색기라는 건 살아가는 데 위축되거나 지치거나 할 때는 발휘할 수 없는 것이므로.

노인은 행동을 잘 해서 욕심을 줄이고 세상과 젊은 사람들에게 방해가 되지 않도록 살아가는 게 도리다…… 어쩌구, 그럴 생각은 추호도 없소이다. 그보다는 이런 노친네도 있다는 걸 몸으로 보여 주고 싶다는 생각이 약간은 있을지도 모릅니다.

변함이 없기 때문에 '평생 단 한 번의 순간'일 수 있는 겁니다.

나는 그렇게 생각합니다. 이미 다 완성된 인생은 주사위 게임으로 말하자면 '게임 끝'이겠지요. 끝나버리면 '평생에 단 한 번'도 없지요. 일생에 단 한 번의 개념이란, 인생은 아무리 나이가 들었어도 결코 종점 따위가 없다는 경지에서 탄생합니다. 내일 무슨 일이 일어날지 모르기 때문에 오늘을 소중하게 할 수 있습니다.

그것이 바로 적극적으로 살아가는 요령이겠지요. 젊어서나 늙어서나 다르지 않습니다.

이런 식으로 생각하기 때문에 과거만 돌이키며 사는 사람에게 나는 "인생은 한 번뿐이라네" 하고 놀리기도 합니다.

생명을 빛나게 하는 일은 외곬수가 되는 거지요. 색골이라는 말만 해도 그렇습니다. 그 말은 내 경우에는 무슨 일을 하든 외곬수가 되는 일과 연결되어 있습니다. 그 외곬수가 여성들과 사귀는 데서도 드러나고 있을 뿐입니다.

내 안에서 이미 끝나버린 거라고는 아무 것도 없습니다. 살아 있는 한 어디서 무슨 일을 하든 현역으로 임하고 싶습니다.

나는 가정도 있고 손자도 있지만 여자 친구들 만나러 가는 걸 감추거나 하지는 않습니다. 그럴 때도 싱글거리며 말합니다.

젊었을 때는 마누라를 화나게 해서 머리에 커피를 뒤집어쓴 적도 여러 번 있었습니다. 돌아가신 작가 야마구치 씨는 '그때, 간테이 선생 머리에는 각설탕이 올라앉아 있었다'고 자기 책에 썼는데 사실 그 정도는 아니었습니다.

이 나이가 되고 보니 마음대로 돌아다녀도 이제는 커피 세례를 받는 일도 없어졌습니다. 그런 점에서는 편안한 나이가 된 건지도 모릅니다. 어쩌면 나이가 들어 가정이 안정되어 있으니 마음놓고 여자 친구들과 사귈 수 있게 된 건지도 모릅니다.

모처럼 마음대로 할 수 있는 나이가 되었는데, 외출하는 게 귀찮다고 술집 같은 데 가는 걸 꺼려하고, '여자들과 어울려 다니는 건 주책'이라는 식으로 말하는 사람이 있습니다.

그런 사람은 나를 보고 "기운이 넘치는군요" 하고 말합니다. 생명은 원래가 기운이 넘치는 겁니다. 한껏 기운을 내지 않으면 그대로 사그라드는 게 생명인 거죠.

여성은 생명의 빛이 스러지지 않는 남성을 좋아하는 법입니다. 그 증거로 돈이 아무리 많아도 생명이 시들어가는 남자에게는 제대로 된 여성이라면 아무도 가까이 하려 하지 않습니다. 돈이 없어도 나날이 빛을 갈고 닦는 남자에게 연령 차이라는 것은 아무런 의미가 없습니다. 이건 내가 실감한 이치라오.

허망한 고행과
난행을 겪은 결과

나는 매일 밤 하루도 거르지 않고 어느 술집 카운터 앞에 앉아 있습니다.

"믿어지지 않아."

"나잇살이나 먹어가지고……."

이렇게 말하는 사람도 있겠지만 그런 사람들의 생각을 나는 도무지 이해할 수가 없습니다. 이건 결국 '나이에 맞게 처신하라'는 말 아닌가요? 나이 80이 넘었으니 한구석에 가만히 앉아 세상에 방해가 되지 않도록 조용히 있으라는 말 아닌가요?

그런 의미라면 난 내 나이에 맞게 처신할 수가 없을 거 같습니다.

언제부터인지 내 주위에 앉아 술을 홀짝거리고 있는 사람은 모조리 연하들만 남아 있게 되어버렸소이다. 연장자는 고사하고 하물며 같은 연배조차도 찾아볼 수가 없는 풍경이 되고 말았습니다.

이제는 아예 빗살이 하나둘 빠진 정도가 아니라 빗의 기능을 할 수도 없게 살 하나만 삐죽이 남아 있는 꼴이 됐군요. 그것도 어제 오늘 시작된 일이 아니라 이미 70대 정도부터 그렇게 되었습니다.

젊은 사람들은 이해하지 못하겠지만 이런 분위기는 무척이나 쓸쓸합니다.

어딜 가나 '원로'가 되어 존경받고 대접만 받는다 싶더니 어느새 '불량 노인' 소리까지 듣는 지경이 되었소이다.

늙으면 자주 가던 곳에도 점점 발길이 뜸해지는 게 분별 있는 행동인지도 모릅니다. 그런데 어떤 사람이 멋진 이야기를 들려주었습니다. 나이를 먹었다는 생각에만 골몰하는 건 얼마나 의미없는 노릇이냐 하는 생각을 하게 만드는 말입니다.

"인간의 나이는 그것을 세는 사람이 없어졌을 때나 헤아려보는 것이다."

이 말을 한 사람은 미국의 에머슨이라는 인물입니다. 나도 편의상 나이를 세고는 있지만 특별히 그럴 만한 이유가 있어서는 아닙니다.

나는 아주 오래 전부터 메기를 그려넣은 백자 술잔을 매년 연말에 3백 개 정도 구워서 새해 인사를 하러 오는 사람들에게 연하장 대신 주곤 합니다.

술잔 한귀퉁이에 '頑亭(저자 이름—옮긴이)'라고 서명하지요. 해마다 정해놓고 찾아주는 사람이 2백 명 정도 되니까 그 사람들 수중에는 똑같은 술잔 여러 개가 모여 있을 겁니다. 이렇게 되고 보니 어떤 게 언제 받은 건지 알 수가 없다고 합니다. 그래서 올해는 서명 옆에다가 '81세'라고 써넣었습니다. 싫어도 어쩔 수 없이 해를 넘길 때쯤에는 나이를 헤아리게 되지요. 단지 그뿐이라오.

나는 그밖에도 헤아릴 것이 많다오. 아직은 조각도 열심히 하고 싶고 그림도 그리고 싶습니다. 얼마 전에 어줍잖은 젊은 친구가 "간테이 선생과 사귀고 있는 여성이 몇 명인지 세어보면 80명은 넘을 겁니다. 평생 한 해에 한 명씩 번갈아가면서 만나도 되는 숫자이지요" 어쩌구 하면서 영문을 알 수 없는 말을 했습니다.

나는 여성의 숫자를 세거나 하지는 않아요. 다가오는 사람도 있고 떠나는 사람도 있으니까 나도 잘 몰라요. 편의상 누가 물으면 80명은 넘을 거라고 대답은 하지만.

스무 살이 여든 살보다 낫다고는 생각하지 않고 80세가 40세보다 건강하지 않다는 생각도, 50세보다 인생을 즐기지 못한다고도, 60세, 70세보다 노쇠했다고도 생각하지 않습니다. '나잇살'을 먹는다는 것은 하고 싶은 일이 없어지는 게 아닌데도 불구하고 현실적으로는 그런 생각을 억누르는 사람이 많습니다. 화려한 옷도 입고 싶을 테고, 맘에 드는 여성에게는 말도 걸어보고 싶은데 '에이, 내 나이가 몇인데…… 관두자'라고 지레 생각해버리는 겁니다.

언제였던가, 60세를 훨씬 넘긴 사람이 자기의 인생에서 후회되는 일이 두 가지 있다고 하더군요. "하나는 정원사가 되고 싶었는데 부모님이 반대하여 월급쟁이 회사원이 되었던 것, 또 하나는 여자를 유혹해보지 못했던 것"이라나요.

우리 세대야 '남녀칠세부동석'이라는 교육을 받으며 자랐기 때문에 길모퉁이에 서 있다가, 지나가는 여성에게 "이봐요, 차 한잔 할래요?" 따위의 말은 절대 하질 못했습니다. 알지도 못하는 여자에게 말을 건다는 건 당치도 않던 시대를 살아온 겁니다.

"지금부터라도 하면 되잖은가?" 했더니, 무슨 소리냐면서 이제는 그럴 나이가 아니라고 펄쩍 뜁니다.

여성에게 말을 거는 정도야 나이가 몇이든 무슨 상관일까 싶습니다. 머리가 벗겨졌어도, 키가 작아도, 지금은 그런 걸로 주눅이 들 나이도 아니잖습니까? 실제로 나는 머리도 하얗게 센 데다가 젊은 여자들보다 키도 작습니다.

나도 36세까지는 불교에 귀의하여 수행도 해봤고, 사는 게 뭔가 하는 따위의 생각에 골몰하면서 살기도 했습니다. 삶의 '본질'을 찾고자 했던 겁니다. 그래서 여성과 사귀는 일 따위는 생각도 해보지 않았지요. 하지만 그 이후로는 줄곧 사귀고 있습니다.

왜 그렇게 되었냐면, 어느 날 문득 '난행고행(難行苦行, 일본 선불교의 수행-옮긴이)은 모두 허망한 짓'이라는 생각에 이르렀던 것입니다. 다시 말해 고통 속에서 깨달음을 얻는다는 게 어리석다는 생각이 들었던 겁니다. 어느 날 문득 정신을 차렸던 거지요.

그때부터 자연 그대로의 모습으로 살아가기 시작한 것입니다. 하고 싶은 일은 해도 된다, 좋아하는 일은 자꾸자꾸 하면 된다는 생각이 들기 시작한 것입니다. 그 생각이 지금까지 계속 이어지고 있고 결국은 '불량 노인'이 되어버린 거라오.

누가 나더러 '불량'이라고 하거나 말거나, '노인네'라는 말을 듣거나 말거나 하고 싶은 건 모두 해보겠다는 생각이, 생명을 눈부시게 한다고 생각합니다.

'맘씨 좋은 할아버지'보다는 불량 노인이 내가 선택한 처신법입니다.

밖에서는 불량 노친네로 처신하다가 집에 와서 갑자기 나잇값을 하게 되지는 않습니다. 그래서인지 손자들은 나를 '할아버지'라고 부르는 일이 없습니다. 항상 '간테이 선생님'으로 통하고 있지요.

'늘그막에 하는 연애'라고
말하지 맙시다

오래된 도자기 접시가 있었습니다.

그것을 마누라가 좀 거칠게 다룹니다. "좀 살살 다루지" 했는데, 말투가 좀 거칠었던 모양입니다.

화가 난 마누라는 대꾸도 않고 접시를 마당으로 가지고 나가더니 댓돌 위에 냅다 던져 깨버렸습니다. 마누라 입장에서는 접시와 마누라 중에 어떤 게 더 소중한 거냐 하는 생각이 들었을지도 모릅니다.

접시가 요란한 소리를 내며 깨졌을 때 '아아, 내가 잘못했구나' 하는 생각이 들었습니다. 물론 그 접시는 오랜 세월이 지나도록 파손되지 않고 여러 사람의 손을 거쳐 나한테까지 온 아주 귀한 것이었습니다. 그리고 다시 후세 사람들에게로 전해져야 하고 그렇게 해야 하는 것이 소유하는 자의 의무라고 생각합니다.

하지만 그것보다는 지금 곁에 있는 사람이 더 소중하다는 게 내 생각이니까 말투가 잘못된 것이지요. 천박하게 물건이나 챙긴다고 여기게끔 만들어버린 거라 이겁니다. 이건 오래 전에 있었던 이야기올시다.

요즘 스님들은 먹물 들인 옷 외에도 화려한 옷을 입고 내키는 장식으로 몸단장도 하고 다닙니다. 옛날 스님들은 청소복이라 하여 화장실이나 쓰레기장에 버려져 있던 누더기나 천조각을 깨끗이 빨아 얼기설기 꿰매어 옷을 만들었습니다.

고급차를 타고 다니는 스님을 보면 '아, 저 사람도 천박하게 물건을 챙기는 친구군' 하는 생각이 듭니다.

물건을 챙기는 것 자체는 나쁘지 않습니다. 그러나 집착하는 마음이 그대로 드러나도록 챙기는 게 탈이죠. 돈을 셀 때 핥듯이 여러 번 세는 것과 비슷한 소치겠지요.

뭐든 챙기고 헤아리는 버릇이 붙어버리면 시도 때도 없이 자기 나이도 챙깁니다. 그리고 쓸데없이 남의 나이까지 챙기곤 하지요.

예순 살이 되는 여성이 있습니다. 최근에 마음이 가는 사람을 만나 부지런히 외출을 하곤 합니다. 오랫동안 하지 않던 화장도 하고 장롱 깊숙이 넣어두었던 옷을 몇 년 만에 꺼내보니 잊혀져가던 화사한 기분을 느꼈다고 합니다. 하지만 가족의 반응은 차갑기 짝이 없습니다. '나잇살이나 먹은 사람이 무슨 생각을 하는 거람' 하는 식으로.

남성 중에도 비슷한 경우가 있습니다. 70이 넘은 남성인데 밖에서 만나 차를 마실 수 있는 여자 친구가 생겼습니다. 처음에는 가족들이 "할아버지, 요즘 좋아 보이네요" 하며 좋아하더랍니다. 그런데 상대가 30년이나 연하라는 걸 안 순간 갑자기 기가 막히다는 얼굴로, "창피한 줄도 모르시나 봐!" 하며 소란을 피웠다더군요.

나는 '늘그막의 연애'라는 말을 좋아하지 않습니다. 사람을 좋아하는데 나이가 무슨 상관이 있는지 모르겠습니다.

하지만 이 가족의 반응은 어떤가요. '늘그막의 연애'를 눈엣가시로 생각하고 있습니다.

이 이야기를 했더니 "그야 재산을 노리는 게 싫어서 그렇겠죠" 하고 설명해주는 사람이 있었습니다. 좋아하는 사람과 재혼을 하면 유산이 모두 그쪽으로 가버리기 때문에 가족이 반대한다는 겁니다.

나는 그 설명을 듣는 순간 '천박하게 계산에만 밝군'이란 생각이 들었습니다. 이런 식으로 계산에 밝으면 보이는 것도 보이지 않게 되어버립니다.

나는 수행하던 시절에 걸식도 해봤고 먹지 않고 한참 동안 버
틴 적도 있지만 돈이나 물건을 헤아리면서 부족하다고 생각한 적
은 없습니다. 챙길 필요가 없을 정도로 그때그때 만족했던 것 같
습니다.

'노화방지 학원'을 생각하고 있습니다

젊은 사람이나 중년에 접어든 사람들이 살아가느라 바쁘다면 나 역시 그들 못지않게 바쁘다오. 젊은 사람들이 살아가는 데 열심이라면 나 역시 열심히 살고 있소이다.

내 주위에는 꽤나 분별이 있는 듯한 청년과 중년들이 많지요. 꿈을 이야기하는 걸 유치하게 생각하고, 내가 여성들에게 접근하거나 하면 '이봐, 정신차려' 하는 눈으로 보지요.

뭔가 깨달음을 얻은 듯한 얼굴을 하고 있지만 내가 보기에는 깨달은 척하고 있다는 것쯤을 단번에 알 수 있습니다. 살아가는 에너지가 점점 희박해지고 있을 뿐인데도 인생에 대해 꽤나 안다는 생각을 하고 욕심이 있으면서도 억지로 참고 있는 것입니다.

"간테이 씨처럼 부끄러움을 모르는 영감이야 여자를 사귈 수 있지."

이렇게 비아냥거리는 축들도 있지만 술의 힘을 빌려 하는 말일 뿐이지요. 부끄러움을 모르기 때문에 여성들과 어울려 지내는 건 아닙니다. 인간이 모두 갖고 있는 '본질'을 소중하게 여기며 살겠다는 생각을 하면 이렇게 되는 겁니다.

본질이란 생활이나 일에 지쳤다고 말하는 순간 닳아지기 시작하는 생의 순수함입니다.

나는 하나뿐인 생명을 빛나게 하려 하고, 사람들이 가진 순수함을 소중하게 여기기 때문에 여성에게 진지하게 다가갈 수가 있는 겁니다. 사귄다는 것은 상대가 남자든 여자든 관계없이 결국 그런 게 아니겠습니까?

뭔가 깨달은 듯한 얼굴로 행세하는 이들에게는 조금 입바른 말을 해줄 뿐이지만 정년을 맞이하여 무엇을 해야 좋을지 몰라 당황하는 사람에게는 '노년이여 큰 꿈을 가져라'라는 내용으로 '노화방지 학원'을 열 생각입니다.

아직은 가명이지만 나이를 먹어 자꾸 처지기만 해서는 손해다, 노화에 지면 안 된다, 뭐 이런 내용으로 구니다치 근처 어딘가에서 시작하게 될 것입니다.

원장은 얼마 전에 구니다치 시청에서 정년 직전에 퇴직한 가마 씨가 맡게 될 예정입니다. 가마 씨는 과장에서 국장이 된 순간 사표를 내버렸지요. 이 사람도 생각하는 바가 있을 것입니다. 삶을 찾고 있는 거죠.

등산이나 그림을 즐기는 사람은 그것을 통해 생명의 빛을 잃지 않는 것인데, 그런 기회를 만나지도 못하고 무엇을 해야 할 좋을지 몰라 머뭇거리는 사람에게 그림이나 글씨 같은 걸 가르칠 겁니다. 60대, 70대의 생명을 빛나게 하기 위한 '수습학원' 같은 것이라고나 할까요.

학원은 무료지만 즐겁게 다니다 보면 어느새 졸업을 할 것입니다. 그 학원에서 나도 그림을 가르칠 생각입니다. 아틀리에를 개방할까 생각 중입니다.

그런 이야기를 술집에서 했더니 평소에 알고 있던 50대 쯤 된 남자 한 명이, "그림도 괜찮겠지만 여성과 사귀는 법을 좀 가르쳐주십시오" 하며 흥미를 보였습니다.

그 남자는 걸핏하면 "여자라뇨, 그런 건 이제 졸업했어요" 하곤 했지요. 내가 여자랑 같이 가면 "간테이 선생님의 기력은 끝이 없나 보군요, 난 여자 따위는 이제 흥미도 없습니다, 귀찮아요, 그래도 그렇지 간테이 선생은 참 기운도 좋습니다, 부러울 뿐입니다, 색골에게는 수명 따위가 없다더니……" 이런 식으로 하면서 영문

모를 말들을 중얼거렸습니다.

이런 남자에게는 술자리에서 실습을 시키는 겁니다. 하지만 '나처럼 해봐'라고는 하지 않습니다. 기껏해야 가끔씩 시범을 보여주기만 할 뿐이지요.

'불량'하게 사는 거야
간단한
일이라오

　나는 머리가 하얗게 세고 수염도 눈처럼 희고 요란하게 기른 모습으로 매일 밤에 집을 나섭니다.

　술집 이야기가 많이 나오는 점 양해해 주시길 바랍니다. 술집은 나처럼 80이 넘어 회사에는 인연이 없고 어떤 그룹에서도 끼워주지 않아 혼자 있는 사람에게는 사회와 접할 수 있는 소중한 장소 중의 하나입니다. 요즘 사람들(남녀노소)은 무슨 생각을 하고 사는가, 하는 정보를 얻는 귀중한 장소이기도 하고, 사람을 관찰하기에 더없이 좋은 곳이고 자신을 단련하는 데도 도움이 된다고 생각합니다. 60세 무렵에도 그런 생각을 했고 지금도 그 생각에는 변함이 없습니다.

　세상에는 정년의 나이가 지나서 실 끊긴 연처럼 여러가지 사귐

들로부터 떠나버리고 사회를 바라보는 데도 '딴 세상'처럼 여기며 사는 사람들이 있는데, 가족들하고만 얼굴을 마주치며 살다 보면 그렇게 될 수밖에 없을 거라 생각합니다.

해야 할 의무적인 일들이야 진작에 다 끝내버렸으니 이제 비로소 활개를 치며 술집에 얼굴을 내밀어보면 어떨지요. 돈이야 까짓거 얼마나 들겠습니까? 술이 목적이 아니라 술을 좋아하는 사람들과 객쩍은 이야기나 나누는 게 목적인 걸요. 술집은 사회의 축소판 같은 것이라서 남의 이야기를 듣는 것만으로도 좋은 자극이 됩니다.

나야 그런 주관이 뚜렷하니까 때로는 가깝게 때로는 멀리, 이동네 저 동네 아무 데나 헤집고 돌아다닙니다. 한 집에서 죽치고 앉아 있을 때도 있지만, 술집을 여기저기 옮겨가며 얼굴만 들이밀고 조금씩 마시고 다니는 것도 좋아합니다. 잠깐 얼굴만 내밀어도 뭔가 마주치는 게 있습니다. "선생님, 오랜만이군요. 한동안 뵙지 못해서 혹시 편찮으신가 했지요" 이렇게 고약한 인사를 하는 작자에게는 "아직은 뒈지지 않았다구" 이렇게 말해줍니다.

이런 식으로 이야기를 주고받으면서 살아가는 힘을 끌어모은다고 생각합니다. 자못 도통한 듯한 표정으로 적당히 얼버무리면서 다른 사람과의 기분 나쁜 충돌을 피하고 있다가는 어느샌가 이 힘

마저 쇠잔해질 겁니다.

나는 내가 살고 싶은 대로 살고 있을 뿐입니다. 하지만 괴팍한 노친네로 여겨지는 경우가 있습니다. 이따금 '이 영감탱이가 지금 무슨 소리를 하는 거지?' 하는 얼굴로 노려보는 사람도 있습니다.

또 다혈질인 사람이 '이 영감탱이가!' 하고 달려들 것 같으면 삼십육계로 대처하지요. 이럴 때의 마음은 어린 시절과 다르지 않습니다. '불량 노인네면 어때서! 왜 안 되는 거지?' 하면서 기염을 토하지요. 한참 도망치다가 상대가 숨이 찼을 쯤에서 "고대인의 똥은 딱딱했을까? 물렁했을까?" 하고 질문을 던집니다.

이 말에 특별히 의미가 있는 건 아닙니다. 쫓기고 있을 때 문득 '이 사람은 성실하게 살아야만 한다는 강박관념이 스트레스가 되어 위장까지 약해져 있는 게 아닐까?' 하는 생각을 했을 뿐입니다.

'답게' 처신하는 것이 자기다움을 드러내는 일입니다. 그러나 약간 지나친 '답게'가 있습니다. 예를 들면 성실한 사람답게 살아간다는 것도 그 종류일 것입니다.

불량 노친네를 보고 기막혀 하는 모습은, 요컨대 '나이 먹은 당신의 행동이 부끄럽지 않은가'라는 말이지요. 근엄하고 무서운, 고지식하게 '답게' 살아가는 것만이 좋은 삶이라는 생각이 들지 않느냐 이 말입니다. 그러나 '답게' 산다는 것은 자연스럽게 산다는 것이라고 생각합니다. 자기의 본 생각과는 다르게 나이 때문에, 단지 나이를 많이 먹었기 때문에 더욱 완성된 인간 '답게' 살아야 한다면 우리의 인생이 조금은 쓸쓸해지지 않겠습니까?

부끄럽다고
생각하는 게
답답합니다

"간테이 선생처럼 살고 싶다."

이런 말도 종종 듣습니다.

그러면 "간단하다네" 이렇게 대답하죠. 엉큼한 눈길로 여성을 쳐다보면서 추근대는 남자를 한심하게 여기는 삶이 아니라 좀더 순수해지면 되는 겁니다. 좋은 사람을 좋아하고 싫은 건 싫어하면 되는 거 아닌가요? 좋아하기는 하지만 이런 짓을 하는 건 왠지 한심하고 부끄럽다고 생각하는 그 사고방식이 답답할 뿐입니다.

뒷구멍으로는 버젓이 그런 짓을 다 하면서 앞에서는 입을 쓱 닦는 사람도 있습니다. 이건 마음대로 산다기보다는 약아빠지게 사는 거 아닌가요? 너무 뻔뻔하지 않습니까? 굳이 표현하자면 그렇다는 겁니다.

이 점에서는 여성이 더 활달합니다. 50대나 60대가 되어도 자유롭게 연애를 즐기고 그걸 친구들에게 소근소근 털어놓아 부러움을 사는 여성도 많습니다. 이럴 때 여성들은 결코 '나잇살이나 먹어가지고' 따위의 판잔 투의 말은 하지 않는다는 점입니다. 기껏해야 '그렇게 대단한 남자도 아니던데 푹 빠져가지고설랑은……' 정도지요.

대단하잖습니까? 남자 같으면 틀림없이 '나잇살이나 먹어가지고 아직도 여자한테 정신이 팔려서 쯧쯧……' 어쩌구 하면서 눈살을 찌푸릴 것입니다. 이 차이가 생명이 눈부시게 빛을 발하느냐 그렇지 않느냐의 차이, 다시 말해 '다움'을 초월할 수 있는지 여부의 차이입니다.

여성들은 나이를 먹으면 이런 힘을 발산하기 때문에 하나같이 활기차게 살아갑니다. 빛나고 있지요. 그 중에는 여전히 남편에게 순종하는 아내 '다움'이 채 가시지 않는 사람도 있지만, 대개는 순종하는 척하면서 좋아하는 일을 저지르고 있지요.

그런 삶이 더 자연스러운 것이므로 이제는 남자들도 인정을 해야 한다는 생각이 듭니다. 나는 우선 그것을 인정합니다. 그러고 나니까 나 자신도 자유로워집니다.

나 같으면 태양이 서쪽 하늘로 기울기 시작할 무렵에 집을 나섭니다. 오늘은 '왠지 컨디션이 너무 좋지 않아, 나가고 싶지 않아' 하는 생각이 드는 날도 있습니다. 하지만 그런 날도 '에라 까짓 거' 하며 떨치고 일어납니다. 마누라에게, '간테이는 저녁나절이 되면 어김없이 집을 나선다'는 생각을 심어두어야 하기 때문에 귀찮아도 집을 나옵니다.

종종 "간테이 선생님은 매일 그렇게 술을 마시고 여기저기 다닐 수 있으니 부러울 뿐입니다" 하는 말을 듣습니다. 그러면 나는 "간단한 일이니까 당신도 해보라구" 이렇게밖에 달리 대꾸할 말이 없습니다.

나는
생활의 '때'를
이렇게 떨쳐냅니다

여기저기 단골 술집이 많지만 단골손님에게는 두 종류가 있는 거 같습니다. 하나는 술에 빠져 사는 단골로 매일 밤 똑같은 분위기와 술이 있으면 왠지 마음이 편안한 무리이고, 또 하나는 그렇지 않은 단골이라고나 할까요.

나는 술을 마시면서 사람들과 이런저런 객쩍은 이야기를 하는 걸 좋아합니다. 상대는 다양합니다. 회사원, 의사, 빌딩 관리인, 학생, 정체불명의 인물도 있지요. 그들과 마음을 터놓고 수다를 떨 수 있는 분위기를 좋아합니다. 그런 술집을 찾다 보면 어느새 단골이 되는 겁니다.

아침부터 그림을 그리고 조각을 하고 혼자서 일을 하는 나 같은 사람에게는 술자리에 얼굴을 내밀고 수다를 떠는 건 결국 '때를 벗기는 일'이라고 생각합니다.

살아가는 일은 '업'과 사귀는 것입니다. 타성도 업의 일종이지요. 혼자서 일을 하고 있다 보면 아무래도 타성에 젖기 쉽고 생각이 한쪽으로만 기울어집니다.

그림이든 조각이든 타성에 빠지기 쉬운 일이고 생활도 타성으로 흐를 염려가 있습니다. 바깥 세계와의 접점이 없으면 뉴스를 봐도 생각이 한쪽 방향으로만 흐르게 되기 쉽지요. 소설을 읽어도 모두 똑같은 장면에서밖에 감동을 받지 못한다면 얼마나 쓸쓸한 일일까요. 각자 나름대로의 소설 읽는 취향이 있어서 아무 것도 아닌 구절을 보고도 깊은 감동을 받는 경우도 있지요. 타성에 젖어 있으면 그런 감동을 만나는 일도 없어집니다.

야생 하마나 코끼리는 진창에서 몸을 굴리며 온몸에 진흙을 발라 기생충을 제거합니다. 진창은 그런 동물들의 기대를 충족시켜 줍니다.

내 경우에는 술집이 바로 그런 곳입니다. 거기서 사람들과 이야기를 열심히 하는 것이 마음에 묻은 때를 벗기는 일입니다.

어릴 때는 돈 따위가 크게 필요치 않았습니다. 돈보다 중요한 것이 있음을 알았던 것입니다. 그래서 친구들과 신나게 놀이에만 몰두할 수 있었습니다.

그렇게 진지하게 놀 수 있는 마음이 어른이 되고 나서도 있을까요? 모든 관심이 돈하고만 연결되는 것도, 열심히 놀지 못하게 된 것도 말하자면 때가 묻는 일이지요. '때'는 자기도 모르는 사이에 쌓이는 것이기 때문에 매일 제거하는 게 좋습니다.

인간은 때가 묻기 전에는 그래도 제법 깔끔하지요. 그런데 그 때라는 것을 인간이면 모두 갖고 있습니다. 나름대로의 방법으로 매일마다 때를 벗겨내지 않으면 어느새 때에 절어서 감성이 둔해집니다. 나잇값 따위를 생각하는 것도 때를 묻히는 일이라는 사실을 알아야 합니다.

내 농담은 일상의 때를 벗겨내는 방법 가운데 하나랍니다. 당연한 말만 입으로 지껄이다 보면 때는 벗겨지지 않습니다. 눈을 뜨고 있으면서도 잠을 자는 듯한 남자들을 놀려주는 겁니다. 그리고 그런 소리를 하는 자신을 가만히 바라보는 겁니다.

밥을 먹으면 이를 닦는 것과 마찬가지로 살아가는 일은 때가 묻게 마련이므로 매일 때를 벗겨내줍니다.

오랜 수행 끝에 깨달음을 얻은 고승이 한 말 중에, "태어나고 또 태어나고 태어나고 태어나도 생의 시작은 어둡고, 죽고 죽고 또 죽고 죽어 죽음의 끝에도 어둠이다"라고 한 심정은 아마도 그런 것입니다.

생이란 무엇인가, 자신은 또 무엇인가라는 따위의 질문에 대한 답은 죽을 때까지 알 수 없는 겁니다. 그리고 알려고도 하지 않습니다. 모르는 거라면 아는 척하지 말고 열심히 흔들리며 살아보는 것도 좋습니다. 때가 묻는 걸 관록이 붙는다든가, 인생을 이해한 것이라고 생각하지 말고 때가 묻기 전의 자신의 모습을 열심히 떠올려 봅시다.

그 결과가 '불량 노인'이라면 그렇게 불리는 것조차 고마운 일이죠.

버스를
가득 채울 정도의
여자 친구가 있습니다

많은 여자 친구가 있다고 하지만 하렘(이슬람국에서 부인들이 거처하는 방—옮긴이) 같은 소굴을 만들 생각은 없습니다.

대충 이런 거겠지요.

종종 지방에서 조각이나 그림 전시회를 합니다. 언젠가 잘 알고 지내는 여성 한 분이 "버스를 전세 내서 다 같이 보러 갑시다"라는 제의를 했습니다. 도쿄에서도 전시회는 자주 하기 때문에 그럴 필요는 없었지만 '계절도 좋고 모두 여행 삼아 떠나봅시다' 하는 가벼운 기분이었을 겁니다. 말하자면 소풍이겠죠.

"제가 안내장을 쓸 테니까 알고 지내는 여성들 연락처를 알려주시죠?" 하기에 알려주었더니 그 여성, 기가 막히다는 얼굴이었습니다.

기껏해야 다섯 명에서 열 명 정도라고 생각했겠죠. "이 기회에 모두 자백하시죠" 어쩌구 협박(?)을 했지만 사실은 알려준 것도 일부였을 뿐입니다. 왠지 법정에 앉아서 "아직도 숨기고 있는 거 아니오?" 하고 책망당하는 기분이었습니다.

경과야 어찌되었든 그때, 정말로 관광버스를 전세 내서 다 같이 전시회를 보러 갔습니다. 남성도 몇이 섞여 있었는데 청일점으로 간간이 섞여 그림이 좋지 않았습니다. 남자들은 오지 않아도 좋았으련만.

그때부터 이 여성은 나의 심부름꾼이 되어 무슨 일이 있으면 팔을 걷어부치고 나서줍니다. '심부름꾼'라고 했다가는 또 야단을 맞을 겁니다. 본인은 '본부장' 정도로 생각하고 있을 테니까요.

지금도 가끔 "숨기는 거 아니죠?" 하고 힐문을 당하니 마누라보다 무섭습니다. 마누라도 이 여성을 잘 알고 있는데 아마도 간테이를 도와주는 사람 정도로 생각하고 있을 겁니다.

하지만 사실은 아직 전부 다 고백하지는 않았습니다. 스파이 두목은 조직을 몇 그룹으로 나누이 그룹 내의 멤버밖에는 서로 얼굴을 알지 못하도록 해두지요. 오른손이 하는 일을 왼손이 모른다고나 해야 할지.

요컨대 본부장이 알고 있다고 생각하는 건 자신의 그룹뿐이고 그녀가 모르는 그룹이 또 있다 이겁니다. 나는 스파이 두목이 되는 셈이죠.

하지만 가만히 보고 있으면 재미있습니다. 가끔 그쪽 그룹과 이쪽 그룹이 만나기도 하는 걸 보면 여자는 질투가 심하다는 말도 괜한 소리구나 싶어 감탄을 금치 못합니다. 모르는 여성끼리 친해지고 그러다 보면 내가 모르는 데서 여자들끼리 '밀회'를 하기도 하나 봅니다.

그것을 보면서 저는 '이봐, 두목을 잊지 말라구' 이렇게 말해주고 싶은 기분입니다.

그건 그렇고 그들이 만나면 대체 무슨 이야기를 하는 걸까? 괜히 흥미가 솟구쳐서 물어본 적이 있습니다.

"누가 간테이 선생님의 마지막 여자가 될까 정해보는 거죠."

농담도 심하지. 내 여자라는 말은 고맙지만 마지막 여자라니, 그 말은 나에게 실례되는 말입니다. 나는 마지막이라는 생각은 해본 적도 없습니다. 그래서 "마지막 여자보다 지금 여자가 더 좋은데" 어쩌구 큰소리를 쳤다가 그녀들에게 호통만 당했습니다. 허허.

누구나
많은 여성과
사귀어왔을 터

지난번에 어떤 여성과 근교에 있는 술집에 갔습니다. 거기서 평소 알고 지내는 출판사 편집자를 만났습니다. 내가 나간 뒤에 그 집 주인이 편집자에게 "간테이 선생님이 그 여성하고 온 건 아무한테도 말하지 말아 주십시오" 했다던가.

나는 모든 여성들을 골고루 여러 술집에 데리고 갈 뿐인데 그때마다 이런 사태가 벌어진다고 합니다. 도대체 누가 알면 뭐가 어떻다는 건지 나 역시도 알고 싶은 바입니다.

그런데 "다른 사람에게는 비밀이오"라고 말하고 누군가와 한잔하러 가기라도 하면 어김없이 "누구누구랑 어느 술집에 갔었죠?" 하고 들통이 나버립니다. 아무도 모르게 새로 찾아낸 술집으로 갔건만 어떻게 들통이 나는 건지 도대체 모를 일입니다. 앞으로의 대책을 세우기 위해 어떻게 알았냐고 물어보면 "어머, 본인 입으로 말씀하신 거잖아요" 합니다. 그랬었구나.

이러니 함부로 나다닐 수도 없습니다. 본인이 그렇게 떠벌이고 다니는 걸. 어차피 들통이 나버릴 테니까 상당히 아슬아슬한 농담도 주고받습니다.

하지만 이런 농담은 소위 '친구'라고 생각하는 여성들에게만 통하는 거지요. 함부로 떠벌이는 버릇이 붙어버려 이따금 친구 이외의 여성으로부터 앙갚음을 당하기도 합니다. 농담을 하면 험상궂은 얼굴로 노려보기도 하지만 그래도 난 주눅들지 않습니다. 더 신이 나서 떠들지요.

이런 이야기를 쓰면 아마도 내가 꽤나 여러 종류의 여자들과 사귀고 있는 것처럼 여겨질 겁니다. 하지만 그건 약간만 정답이고 대부분 틀립니다. 왜냐하면 누구나 다 그 정도 숫자의 여성을 만나고 사귀어왔을 터이기 때문입니다.

누구든 스무 명이나 서른 명 정도의 여성과 소매를 스치는 인연을 가져왔을 것입니다. 그런 여성이 내 경우 아직도 주위에 있고 뭔가 끊임없이 수고를 아끼지 않고 있지요. 편지 정도는 하고 지냅니다. 여행을 가면 거기서 만나주기도 하고요.

대부분의 남성들은 결혼을 계기로 해서 사귀던 여성이나 여자 친구와 연락을 딱 끊고 마누라만 보고 지냅니다. 안타까운 일 아닌가요? 멋진 여성이 많았을 텐데 그런 여성들과 무 자르듯 연락을 끊어야만 어른스런 분별력을 가졌다고 생각하지요. 그러나 여성은 정리하는 존재가 아닙니다. 사귀면 이쪽 마음까지 즐거워지는 고마운 존재지요.

왜 그렇게 여성들에게 신경을 쓰며 사느냐는 질문을 받을 때도 있습니다. 대답은 간단합니다. 여성은 내게 있어서 마음의 풍성함 같은 것이기 때문입니다.

좀더 설명해 보겠습니다. 이 세상 사람 중에는 남자와 여자밖에 없는데 남자들이 상대적으로 여자를 본다면 여자들도 우리 남자들을 그렇게 볼 것입니다. 그 사이에 '뭔가'가 있다고 합시다. 물건이든 인생의 한 순간이든. 그런 걸 상대와 함께 고개를 끄덕이거나 마주보고 웃거나 하는 것이 남자와 여자입니다.

이성 친구들과 싹뚝 싹뚝 무 자르듯 인연을 끊는 것은 상대로 하여금 마주 볼 사람을 잘라내는 일이지요. 결국 주위에는 자신과 같은 방향을 보는 남자밖에 없게 되지요. 이러면 사물을 절반밖에 볼 수가 없습니다.

정서나 연애감정은 이쪽에서 보는 눈과 저쪽에서 보는 눈이 만나서 만들어내는 것입니다. 정서가 메마른다는 것은 저쪽 눈을 지워버리는 일이라고 생각합니다.

항상 저쪽에서 똑같은 걸 봐주는 사람이 있고 '그래 맞아'라든가 '좀 다르군' 하는 식으로 서로 고개를 끄덕이는 것이 마음의 풍요가 되는 것입니다.

메마르게 살아가는 것은 위축되어 사는 것과 같습니다.

나는 예전에 만나던 여성들과 지금도 여전히 만나고 있습니다. 생명의 교류를 해왔다고 자부하기에 '이만 안녕'이라고 할 수가 없습니다.

예전이나 지금이나 여전히 여성들과 아슬아슬한 이야기를 하고 있기 때문에 그 점에서는 전혀 변함이 없습니다. 가끔 같이 한잔하러 가면 여성들은 변함없는 나를 보고 옛날로 돌아간 기분이 들 겁니다.

자, 이렇게 쓰다 보니 '80여 명이라고 해봤댔자 노친네들뿐이겠지' 하면서 질투심 많은 남자들은 속으로 중얼거리겠지만 10대, 20대도 있으니까 그 중얼거림은 일단 땡, 틀렸습니다.

늙으나 젊으나
설레임은
같습니다

'연애감정'이라는 건 '무상관(無常觀)'이라고 생각합니다. 인간에 대한 연민, 혹은 허탈함이지요. 자신도 불쌍하고 상대도 불쌍합니다. 연민이라는 건 생명의 동요 같은 것입니다. 사람과 사람이 만났다는 것만으로도 생명의 동요가 있습니다.

후배가 죽었을 때, '꽃잎이 흩어지듯이 친구가 갔습니다'라는 구절을 읊어주었습니다. 꽃잎이 흩어지는 듯한 허망함을 모두 갖고 있습니다. 그때는 특히 그걸 느꼈기에 그렇게 읊었습니다.

꽃이 흩어지는 듯한 무상함, 가련함을 지닌 채로 열심히 살아가는 게 인간일 것입니다. 사람과 사람이 만난다는 건 서로가 서로를 지탱해주는 일입니다. 마음 깊이 파고드는 감정입니다. 그것은 사랑이거나 우정이거나 연민이기도 합니다.

얼마 전에도 기치조지(吉祥寺, 도쿄의 고급 유흥가-옮긴이)에서 술을 마시고 있을 때 꽃집 아가씨가 옆에 있어서 열심히 꽃이야기를 했습니다. 그럴 때 나는 '이 여성의 마음속에서 동요를 일으키고 있는 건 무엇일까?'라고 생각합니다. 이 여성이 태어나면서 지니고 있는 마음의 모습은 어떤 것이었을까 생각하는 것입니다. 그녀는 꽃을 빌어 무슨 이야기를 하고 있는 걸까 하고.

그럴 때 마음의 교류 같은 것이 싹틉니다. 그런 것이 쌓이고 쌓여 연애감정이 되는 게 아닐까요? 그 아가씨와 어떻게 하겠다던가, 어떤 상황이 되었다는 그런 게 아닙니다. 지극히 일반적인 이야기지만 그런 식으로 사람과 사람은 만남을 갖는 가운데 항상 은근한 연애감정이 싹트게 하는 뭔가를 키워가는 것입니다.

간절함을 느끼며 살아가는 것도 좋은 일입니다. 그런 마음의 설레임을 10대, 20대에만 갖는다는 건 너무도 아까운 일 아닌가요? 살아가기 위한 절실함에는 늙고 젊음이 없습니다. 그것이 살아가는 힘이라는 거겠지요.

나는
'벗기는 것'이
특기입니다

"안녕하세요"라고 말하는 대신에 "입가에 카레가 묻어 있구면"
하고 말해봅니다. "처음 뵙겠습니다"라는 말 대신에 "콧김이 상당
히 세시군요" 하고 말해봅니다.

이런 대화가 대개는 사람을 친근하게 만듭니다. 외골수로 성실
해 가지고는 속내를 나눌 수가 없습니다. 도덕군자인 듯 구는 사
람과는 몇 년이 지나도 가까워지지 않습니다.

나를 정말로 이상한 영감이라고 여기는 경우도 많은 모양입니
다. 며칠 전에도 아는 사람이 이런 식으로 충고를 하더군요.

"모 대학의 조교수를 하고 있는 여성이 구니다치에 사는데, 간
테이 씨에 대해 '그 사람은 조심하는 게 좋을 거야, 색골에다가 불
량스럽다는 소문이 있으니까' 하고 말하던데요."

그야말로 걱정도 팔자라고 해야겠지만 그렇게 말하지 않았습니다. 대신 "그건 사실이야"라고 말해주었습니다.

나는 무사시노 미술대학에서 조각을 가르치던 '대가 선생'과도 깊은 친분이 있습니다. 나는 그에게 "최근에는 제법 쓸 만한 작품을 만들어내는 거 같구면" 하고 말해줍니다. 그렇게 추켜세워 놓고는, "남을 가르치는 쓸데없는 일을 하다 보면 끌을 쥔 손에 힘이 들어가지 않아?" 하며 설교까지 해주었지요.

그는 친구가 아닙니다. 세키 사토시라는 제 친동생이지요. 젊을 때 장사를 가르쳐 성공시켜 내 스폰서로 키울 생각이었는데, 뭘 잘못했는지 조각가가 돼버렸습니다. 세상일이라는 것이 내 생각처럼 돌아가주지는 않는 모양입니다.

이야기가 엉뚱하게 빠졌군요. 그 조교수인지 뭔지 하는 여성을 언제 꼭 소개시켜달라고 그 사람에게 말해두었습니다. 그 조교수를 만나면 친구로 만들 수 있습니다. 나를 싫어하는 사람일수록 좋습니다. 그런 사람이 난 더 좋습니다.

'아무개가 싫다'고 생각하는 사람은 경계심이라는 무거운 갑옷을 입고 있지요. 이처럼 갑옷을 입은 사람은 반드시 마음 깊은 곳에서는 갑옷을 벗어버리고 싶어 합니다. 우리 집에도 옛날에 쓰던 갑옷이 있는데, 정말 무겁지요. 마음에 갑옷을 입고 있으면 첫째 답답해서 견딜 수가 없어요. 그래서 갑옷을 입으면서도 한편으로 빨리 벗고 싶어 하는 겁니다.

그렇게 되면 이야기는 간단하지요. 하기야 난 벗기는 게 특기니까요.

어떻게 그런 테크닉을 배웠느냐고요? 이런 말을 하면 제가 지금도 여전히 불교 수행을 하고 있는 사람 같겠지만, 결국 그것은 자신의 마음속에 있는 갑옷을 벗으면 상대의 갑옷도 벗겨진다는 것을 알았던 겁니다.

불교란 한마디로 말하자면 '벗기는 재주' 같은 것입니다.

자아, 집착, 욕심 등등 인간의 마음속에는 늘 그런 것들이 진을 치고 있습니다. 그것을 지키려고 하다가 다른 사람과 충돌하기도 하고 결국에는 녹초가 되도록 지쳐버리지요.

마음을 비우는(그런 게 가능하지도 않지만 그래도 비우려고 애를 쓰면 누구든 안 될 것도 없지요) 일은 자아를 죽이고 집착을 버리고 욕심에서 멀어지려는 행위입니다. 바로 노벨문학상 수상 작가인 미야자와 겐지처럼 무심하게 어린애처럼 웃을 수 있는 경지일 것입니다.

불교에 관심을 가진 것은 10대 무렵이었는데 조숙하게도 '인간이란 무엇인가?' '나는 무언가?' 하는 등등의 고민이 생길 무렵부터였지요. 오랜 세월을 지나서야 간신히 얻은 그 해답이라는 것은, 뭔가를 얻는 일이 아니라 버리는 것에 있음을 알았습니다.

결국 내게 달라붙어 있던 집착과 욕망(지금 젊은 사람들의 말로 하자면 자기중심)을 버리는 것임을 깨달았던 거지요. 활기찬 나날을 보내고 싶으면 갑옷을 벗듯이 여러가지 군더더기를 벗어버리면 되는 겁니다.

사람은 누구나 타인으로부터 자신을 지키기 위해 갑옷을 입지요. 자기 마음과 몸을 지키기 위해서이지요. 하지만 아무리 갑옷을 몇 겹씩 껴입는다 해도 안심할 수 없는 게 세상입니다. 모두들 자기 갑옷 속에서 전전긍긍하고 있기 때문이지요.

갑옷이 부딪히는 소리에도 몸이 움츠러드는 게 갑옷 입은 사람의 심정이라고 합니다. 몇 겹을 입어도 안심할 수 없다면 아예 벗어던지는 게 낫지 않을까요? 그런 결의를 다지고 각오를 키워 그걸로 족하다는 경지로 이끄는 것이 불교입니다.

나 자신은 갑옷을 겹겹이 입고 상대더러 '벗어던지라'고 해봐야 아무런 설득력이 없을 것입니다. 그러니까 내가 먼저 벗어던지는 겁니다. 그러면 마음은 더할 수 없이 가벼워지지요. 그러고 나면 다른 사람들의 답답한 갑옷이 그대로 보입니다.

그래서 '벗어던지라'고 말합니다. 이런 기술을 터득하면 사람 사귀는 일은 조금도 어렵지 않습니다. 오히려 즐겁기만 합니다.

마음을 터놓고
소근거리는 남자 친구도
좋습니다

야마구치 씨와는 그가 구니다치 시내로 이사 온 이래 줄곧 교류를 해오고 있습니다. 다른 사람이 그를 소개해주어 만났는데 만나자마자 우리는 금세 친해졌습니다. 성격은 전혀 다르지만 묘하게 의기투합이 잘 되는 것 같습니다.

야마구치 씨는 비교적 낯을 가리는 편이었지만 나는 누구하고나 친해집니다. 그는 차근차근 계획을 세워 일하는 타입이지만 나는 닥치는 대로 좌충우돌하는 엉터리에 가깝습니다.

우리는 주간지 연재에 관한 일 등으로 둘이서 자주 여행을 갔습니다. 이벤트 같은 즐거운 여행이었지요. 야마구치 씨는 누군가에게 별명을 붙이는 걸 아주 좋아하기 때문에 나는 그에 의해서 '도스토'가 되었습니다. 러시아의 문호 도스토예프스키와 비슷한 풍모라는 이유로 붙여진 별명이지요. 마누라는 '후센 여사'인데 우리는 서로가 쓴 책에서 상대를 자주 놀리기도 합니다.

지금도 이따금씩 "도스토 씨 아닌가요?" 하고 말해주는 사람이 있습니다. 모처럼 별명을 불러준 그에게 "지금은 도로아미타불이 되어 그냥 간테이입니다" 하고 대답하기로 했습니다.

도스토 씨는 야마구치 씨가 쓴 책 속에서 나를 가리킨 말인데 야마구치 씨가 없어졌을 때 도스토 씨도 없어졌다고 생각하기로 했습니다.

문득 야마구치 씨와 술을 마시고 싶다는 생각을 할 때가 있었습니다. 그런 때 전화를 하면 "나도 지금 막 전화를 하려고 했는데"라고 말합니다.

정말로 그랬는지 모릅니다. 어쩌면 내 기분을 맞춰주려고 그랬는지도 모르지만 아무러면 어떻습니까. 그래도 말이나마 기분이 좋잖습니까. 마음이 잘 통한다고 생각하겠지요.

그렇게 해서 둘이서 종종 술을 마시러 갔습니다. 그러나 어떤 이야기를 주고받았는지는 기억이 나지 않습니다. 필시 별것도 아닌 일을 신이 나서 떠들어댔겠지요. 무슨 이야기를 했는지 따위는 아무 상관이 없는 겁니다. 그 친구를 만나고 싶구나, 만나서 한잔하고 싶구나, 중요한 건 그렇게 생각하는 마음의 움직임뿐이었습니다. 마음이 잔잔하게 설레이는 겁니다.

여성과의 사랑도 그렇지만 남자 친구와 팔짱을 힘껏 끼고 싶은 것도 사실입니다.

같이 술을 마시면 즐거워지는 친구는 여럿 있습니다. 하지만 어느 날 문득 같이 한잔 하고 싶은 생각이 드는 친구는 그렇게 많지 않습니다. 야마구치 씨와는 죽이 맞는다고 생각할 수밖에 없습니다. '친우'라는 표현은 약간 쑥스럽지요. 문득 같이 한잔 하고 싶어지는 술친구라는 게 나한테는 더 어울립니다.

나는 10대 때부터 그림을 그렸고 지금도 그 무렵의 그림이 더 좋았구나 싶을 때가 있습니다. 크레파스로 그린 풍경화가 스무 장 정도 집에 남아 있었습니다.

야마구치 씨가 놀러올 때마다 "그 그림 좀 보여주지" 하곤 했습니다. 그림을 좋아하는 사람이었지요. 어느 날 "이거 나한테 전부 빌려주지 않겠나?" 하며 가지고 가버렸습니다.

나중에 그림을 모조리 액자에 넣어 돌려주러 왔더군요.

"그림은 도스토 씨가 그린 거지만 액자는 내 것이니까 아무한테도 주지 말게."

누가 그림을 달라면 얼른 줘버리는 내 성격을 잘 알고 있었나 봅니다. 야마구치 씨 특유의 호탕한 유머지요. 다른 사람 같으면

'쓸데없는 참견'이라고 생각했을 겁니다. 하지만 이때는 그 말이 반가웠습니다. 이건 다른 사람에게는 줄 수가 없겠구나, 아니 그보다도 내가 죽으면 야마구치 씨의 것이구나, 라고 생각했습니다.

그림은 우리 집에 불이 나서 야마구치 씨보다 먼저 저세상으로 가버렸습니다. 지금쯤 야마구치 씨는 저세상에서 온전히 자기 것이 되어버린 그 그림들을 보면서 싱글벙글 할 것입니다.

야마구치 씨에 대해 이렇게 긴 이야기를 하는 것은, 결국 친구에 대해 말하고 싶어서입니다. 모두에게는 어릴 때 금방 친해져서 무심하게 놀던 친구가 있을 겁니다. 그리고 마음에 드는 이성에게는 아무런 계산도 없이 동경의 염을 키웠을 것입니다. 그런 것들이 모두 다른 사람과 사귀는 원점 같은 것이겠지요.

어른의 분별을 갖게 되고 다시는 동심으로 돌아갈 수 없다고 생각한다면 그런 대로 이해를 하겠습니다. 그러나 친구와 무심하게 이야기하거나 놀거나 하는 것조차 '젊은 치기'라고 치부해버리는 건 저는 이해할 수 없습니다. 그런 삶을 '나잇값'이라고 한다면 난 나잇값을 하고 싶지 않습니다.

자신을
확인하기 위해
그림을 그립니다

　월급쟁이는 월급쟁이의 얼굴을 하고 채소장수는 채소장수의 얼굴을 합니다. 그런 의미에서 '예술가의 얼굴'이라는 건 없습니다.

　조각을 하고 그림을 그리고 글을 쓰는 건 '자신'의 존재를 열심히 발굴하는 행위라고 생각합니다. 그러니까 예술가가 예술가 얼굴을 하는 것은 자신을 찾는 행위를 간판으로 삼아 얼굴에 붙이고 다니는 것과 똑같은 일 아닐까요? 마음으로 하는 순례를 장사하려고 하는 건 아닐 테니까요.

　예술가들만 자신을 탐구하고 있는 건 아닙니다. 예술가가 아니라도 모두들 자기 나름대로의 방법으로 그런 행위를 하고 있다고 생각합니다. 그것을 잊어서는 안 됩니다.

　나는 아침에 일찍 일어나 그림을 그리는데, 매일 규칙적으로 그립니다. 지장보살을 그리거나 관음보살을 그리거나 혹은 부처님을 그릴 때도 있습니다.

매일 아침 그림을 그리는 건 그림 솜씨를 늘리려는 의도가 아닙니다. 지금의 내 처지가 어떻게 나타날지, 갑옷을 입고 있지는 않은지, 이상한 버릇이 붙어 있지는 않은지, 그런 것을 확인하는 방법 중의 하나가 내 경우 그림일 뿐입니다. 야구에서 투수가 매일 공을 던지고 오늘 자신의 솜씨가 어떤가를 찾는 것과 같습니다.

대개는 밑그림을 그리고 다 그리고 나면 잊어먹습니다.

시간에 맞춰 정확하게 아침식사를 하고 오전 중에는 일을 합니다. 그려놓은 그림 중에 이미 완성에 접어들고 있는 것을 바라보며 손질을 가하거나 '아직 멀었군' 하면서 그대로 두거나 하면서 시간을 보냅니다.

지금까지 밤에 나다니며 노는 이야기를 많이 했지만 그것은 하루를 정리하는 일입니다. 아침부터 오후까지는 말없이 자신을 마주하고 있기 때문에 밤에는 나 자신을 해방시켜주고 싶은 겁니다.

밤과 낮의 두 모습은 하나의 세트로 되어 있습니다. 낮에는 정성이 깃든 작품을 열심히 만드는 '간테이'라는 인간이 있고 밤이면 '불량 노인'이 있지요. 나는 이런 변신을 아주 좋아합니다.

일은 시간이 걸립니다. 부탁받은 작품도 있고 개인전 준비도 있습니다. 그러나 나는 일을 후딱후딱 해치우는 재주가 없습니다.

나무를 조각하거나, 탈활건칠(脫活乾漆)이라는 예로부터 전해 오는 기법으로 하나씩 만들어갑니다. 지금은 수행을 갓 마친 석가모니를 두 악마가 미녀로 변해 유혹하는 상을 만들고 있는데, 악마가 벌거벗은 미녀로 되는 부분이 간테이다운 발상인지도 모릅니다.

조각은 부탁받은 것이 몇 작품이나 작업실에 놓여 있습니다. '개인용 부처님'이라는 게 있는데 신심 깊은 사람들이 자기만의 부처님을 원해 찾아옵니다. 그런 분들이 의뢰한 작품을 위해 끌을 들고 차근차근 나무를 다듬어 갑니다.

나는 내가 만든 작품이 내 손을 떠나 혼자 돌아다녀도 좋다고 생각할 때까지 계속 다듬습니다. 내가 마음에 들어하지 않으면 다른 사람들의 마음에도 흡족할 리가 없지요.

얼른 보기에 작품의 형태는 완성되어 있습니다. 그래서 주문한 사람이 찾아 오면 "벌써 다 되었군요"라고 말하지요. 그 중에는 잘난 척하느라 괜히 안 주는 걸로 아는 사람도 있을지 모릅니다. 그럴 때는 참으로 괴롭습니다.

주문한 사람은 잔뜩 기대를 하고 있을 테니 빨리 가져가고 싶을 겁니다. 하지만 내가 볼 때는 아직 혼자서 걸을 정도로 완성되어

있지 않습니다. 그래서 "눈으로 듣고 귀로 보면 아직 덜 된 작품이
오"라고 대답해줍니다.

불교 수행을 하고 다닐 때 문득 이걸 깨달았습니다. '눈으로 듣
고 귀로 본다'는 걸 깨닫자 입고 있던 갑옷에서 비늘 몇 개가 소리
를 내며 떨어져나갔습니다.

'눈으로 듣고 귀로 본다'는 것

눈으로 듣고 귀로 본다는 건 단순한 비유가 아닙니다. 수행 끝에 도달한 경지이기 때문에 어떤 식으로 표현해도 상관 없습니다. 나는 불교 수행으로 거기에 도달했습니다. 하지만 불교가 아니라도 좋습니다.

그런 단계가 되고 나서야 나는 뭔가를 그린다는 의미도 알게 된 것 같습니다. 예를 들어 테이블 위에 사과가 하나 있다고 합시다. 그걸 스케치하려고 합니다. 선을 몇 개씩 그리면서 자신이 생각하는 것과 가까운 선으로 그려갑니다. 거기까지는 당연한 단계입니다.

그리고 납득할 만한 선을 그릴 수 있었다고 합시다. 그러면 간단하게 그 이외의 선을 지우개로 지워버리죠. 이것이 조금 다른 점입니다.

사실 정작 중요한 건, 형태 자체가 아니라 전에 그린 선과 다음에 그리는 선 사이에서 탄생하는 것입니다. 그것은 단순한 떨림이 아니라 살아 있음의 실감 같은 것입니다. 거기에 사과를 보고 있는, 그림에 몰두해 있는 자신의 마음이 있습니다.

아무리 애를 써도 어차피 그림은 진짜 사과처럼 되지는 않습니다. 완벽하게 되지 않는 것에 도전하여 시행착오를 거치며 선을 그려나갑니다. 그게 중요한 것이고 열심히 그리고 있는 동안에 종이가 찢어져버렸다 해도, 그래도 또 그립니다.

이런 식으로 사물을 보고 있으면 어느새 깨달음이 오기 시작합니다. 눈으로 보고 귀로 들은 게 아니라 눈으로 듣고 귀로 보는 것입니다.

자신에게 보이지 않는다고 해서 다른 사람이 보고 있는 것을 부정할 수는 없습니다.

그런 걸 깨닫지 못했던 시절, 나는 도쿄 나카노의 사찰에서 노스님과 조용히 이야기를 나누었습니다. 이야기 도중 스님께서 "방금 향에서 재가 떨어졌군" 하고 말씀하셨습니다.

향을 피우고 있는 건 옆방이었습니다. 이것은 귀로는 듣지 못합니다. 눈으로 들은 것입니다. 지금 같으면 그걸 이해할 수 있습니다.

조각에서도 불교에서도 그런 경지에 도달할 수 있습니다. 한 가지 일에 열심히 몰두하는 일입니다. 자신의 생명에 도달하려는 거죠. 갑옷을 벗으면 됩니다. 이것은 '본질'로 돌아가는 일입니다.

형태가 완성된 것처럼 보이는 불상은 여전히 박피 한 장을 걸치고 있습니다. 어디에 손질을 가하면 박피를 벗겨낼 수 있을까, 이것은 눈으로 보아서는 알 수 없습니다. 귀로 보는 겁니다. 그것이 보이면 눈으로 들으면서 완성해 나갑니다.

그러면 불상은 이미 내 손이 닿지 않는 곳에 있습니다. '계신다'는 느낌이 든다고나 할까. 그런 단계에 도달하지 않고는 뭔가 만들었다는 느낌을 가질 수 없습니다. 그리고 그 단계까지 가면 작품에서 저절로 손을 떼게 되는 겁니다.

이런 모든 것들을 소중하게 하는 마음이 우리들 근본에 있습니다. 글자로 표현하면 '본질'이죠. 그리고 눈으로 듣고 귀로 보는 것이 탄생합니다. '본질'은 부서지기 쉽고 풍화되기 쉽고 이상한 색에 물들기 쉽습니다. 그래서 '본질'을 소중하게 하려고 합니다.

그런 이야기를 상대가 누구든 상관없이 해주다 보니 '불량 노친네'가 때로는 '본질 노인'이 되기도 합니다. '간테이'라는 호칭도 '불량 노친네'도 '본질 노인'도 모두가 '나'라는 세계 바로 그 자체라고 생각하고 있습니다.

불량이란
'시들지 않는' 삶을 말합니다

2

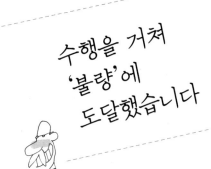

수행을 거쳐
'불량'에
도달했습니다

나는 거칠 것 없이 표표히 살아가고 있습니다. 불량 노인은 바람과 같습니다. 아무 것도 제약하는 것이 없습니다. 매너는 그걸 지키는 게 재미있기 때문에 지킵니다. 그렇게 여기는 것이 좋습니다.

서른 살이 다 지나갈 때까지 독신으로 불교 수행에 힘쓰고 있었습니다. 좌선을 하고 여러가지 서적을 탐독하고 훌륭한 스님이 있다는 말을 들으면 전국 어디고 걸어가서 가르침을 구했습니다.

지금까지는 노는 이야기가 많았던 거 같은데 그 이유는, 살아가면서 얻어지는 깨달음은 산속 깊은 곳이 아니라 거리에, 그것도 사람들이 모이는 그런 곳에 있다는 생각에 이르렀기 때문입니다. 어설프게 진리를 설교하겠다는 생각은 없습니다.

있는 그대로 살아가다 보면 신뢰를 갖춘 자기 자신이 있음을 깨닫기에 이릅니다.

이 장에서는 낯간지럽긴 하지만 쾌락적으로 보이는 나의 생활 배경에 대해 좀 써볼까 합니다.

에도 시대의 선승이신 백은 스님은 "중생은 본래 부처이다. 물과 얼음처럼 물을 떠나 얼음 없듯이 중생 없는 부처 없다"라고 단언하셨습니다.

사람들은 모두 자기 안에 부처님을 갖고 있습니다. 그래서 욕심대로 살거나 더러움에 싸여 살아갈지라도 동시에 자기 안에는 불성이 있다고 믿어야 합니다. 어쩌면 모두들 불성을 갖고 있기는 하지만 미처 버리지 못하는 욕심도 있는 것이라고 생각해야겠지요.

누구나 불성을 갖고 있기 때문에 그 불성이 서로 감응하면 비로소 마음과 마음이 통하는 교류가 생깁니다. 백은 스님은 그런 세계를 펼쳐 보이며 "이 세상을 장엄하게 만들어보지 않겠는가"라고 말씀하십니다. 천국도 지옥도 이 세상 밖에 있는 것이 아니라는 생각이지요. 《좌선예찬》에서는 '이 세상이 바로 연화국'이라고 합니다.

천국도 지옥도 바로 여기에 있습니다. 내세에 있는 게 아닙니다. 이것은 실로 힘찬 사고방식입니다.

헤이안 시대의 고승 공해(空海) 역시 그랬습니다. 힘차게 살기 위해서는 내세로 도망치지 말아야 합니다. 내세만 너무 부르짖다 보면 살아가는 일로부터 도피하면서 아직 다가오지 않은 내세에 집착하고 싶어집니다.

'영감상법(靈感商法)'이라는 것이 있는데 이것은 바로 그런 마음을 노린 상술이라고 생각합니다. 영감상법에서는 '이 항아리나 걸개그림을 사면 천국에 갈 수 있다'라고 하면서 장사를 합니다.

저세상을 믿지 않기 때문에 그런 섣부른 장사가 가능하고, 현재의 세상을 믿지 못하기 때문에 그런 협잡에 걸려든다고도 말할 수 있습니다. 현대는 그런 분위기가 만연해 있는 것 같아 불안하기짝이 없습니다.

나는 협잡꾼의 장사술에 걸려들지는 않았지만 젊은 한때는 진리가 멀리, 내가 있는 곳이 아닌 어느 먼 나라에 있는 줄로 알았습니다. 그러나 결국은 마음 깊은 곳에서 찾았습니다. 거기에 도달하기 위해 걸식행각까지 했습니다.

깨달음은 멀리 있는 게 아니라 자신 안에 있다는 것을 깨달았던 것은, 가르침을 얻고 싶어 산에서 산으로 72일간을 걸어 신슈라는 곳까지 갔을 때였습니다. 그때 나는 도쿄 나카노에 있던 보선사의 노스님을 만나러 갔던 것입니다. 그러나 보선사는 전쟁으로 불타버렸고 노스님은 신슈의 절로 피신해 있었습니다.

가까스로 노스님을 만나 진리를 묻자 "그런 어려운 건 나도 잘 모르네" 하는 것이었습니다. 이때의 경위에 대해 여기에 자세히 쓰지는 않겠지만, 실망해서 일어서는 나에게 노스님이 한마디를 더 하셨습니다.

"돌아가는 도중에 지역 사람들이 처녀 죽이는 연못이라고 부르는 못이 하나 있네. 마음이 내키면 거기서 하룻밤을 지새워 보게."

하룻밤 연못 가에서 좌선을 하고 돌아오자 노스님에게서 엽서가 와 있었는데 그 엽서에는 단 두 줄의 글이 써 있었습니다.

꿈에서 깨어나 첫 소리를 듣는다
눈더미 속에서 스스로를 깨닫는 차고 부드러운 바람 한 줄기

이 말의 뜻은, 차갑다든가 부드럽다든가 하는 것도 자신이 직접 체감해보아야 알 수 있다는 것이었습니다.

그 후에 다른 노스님 슬하에서 진지하게 수행을 하고 밀교의 전법(傳法)을 받아들일 수 있었습니다. 보통 전법은 머리를 깎고 스님이 되어 수행을 하고 나서 받는 것입니다. 그러나 나는 속세에 살고 있으면서 이것을 받았습니다. 매우 이례적인 일이었지만 불교

의 세계는 그렇게 너그러운 면이 있습니다.

그 이후로 나는 속세에 파묻혀 살면서도 그것들을 충분히 이해할 수 있었습니다.

진리도 구원도 사람의 마음속에 있고 사람이 있는 곳에 진리가 있습니다. 진리가 하늘이나 고승의 독점물이 아니라는 것을 깨달았던 것입니다.

살아 있는 사람을 위해 종교가 있다고 믿는다면 '이 세상이 바로 연화국'이라는 생각이 쉽게 이해가 될 것입니다.

욕심이 있기 때문에 미혹이 생긴다고 말할 수도 있지만, 다시 생각하면 누구나 불성을 갖고 있기 때문에 미혹에 빠진다고도 할 수 있습니다. 나는 그런 생각을 더 좋아합니다. 웃고 떠드는 사람들 속에서 있는 그대로의 불성을 볼 때도 있습니다. 거칠 것 없이 웃는 그 얼굴과 쾌활한 웃음 속에 세상 살아가는 의미가 응축되어 있는 것입니다.

마음이 기우는 곳, 그곳에 불성이 있습니다

시시한 인생이라서, 괴로운 인생이기 때문에 열심히 사찰과 교회를 찾아가고 부처님과 하나님께 손을 모읍니다. 아마도 치유를 받고 싶거나 구원을 받고 싶어서일 것입니다.

과격한 종교단체에 들어가는 사람도 원래의 동기는 그런 소박한 생각이었을 것입니다. 그러나 시간이 갈수록 이 세상 모든 것을 쓸모 없는 것, 경멸해야 할 대상으로 생각하고, 아무런 가치도 인정하지 않으려 합니다. 내세에 대해 과대하게 부풀린 상상을 하면서 지금(다시 말해 이승)의 이미지는 점점 더 위축되어 갑니다.

'평생에 단 한 번'이란 말의 정확한 뜻은, 이 세상을 어디에서도 찾을 수 없는 최고로 좋은 세상인 연화국이라고 생각하는 데서 나오는 말입니다. 천국도 지옥도 모두 여기에 있으며, 누구나 불성을 갖고 있기 때문에 지금을 소중히 여기고, 오늘의 만남을 소중하게 하려는 생각입니다.

가혹한 표현으로 들리지 모르지만 절이나 부처님이 구원 그 자체는 아닙니다. 다만 '이정표'일 뿐입니다. 그 방향으로 가면 구원이 있다는 표지판에 지나지 않습니다. 그것을 '조업(助業)'이라고 합니다.

그렇다면 이 표지판이 가리키는 끝에는 무엇이 있을까요? 극락일까요, 서방정토일까요.

표지판의 화살표 끝에 있는 것은 다름 아닌 각자의 마음속에 있는 불성입니다. 절이나 경전, 교회는 그것을 만날 수 있도록 도움을 주고 있을 뿐입니다.

'자기 안에 불성이 있다'는 사실을 깨달으면 이 세상은 경멸해야 할 대상이 아닌 것이 됩니다. 항상 자신이 있는 바로 그곳이 불성이 있는 곳이고 다른 사람도 자신과 같은 불성을 갖고 있습니다.

불성과의 만남은 본래 훌륭한 것입니다. 그것이 '평생에 단 한 번'이라는 말로 표현되는 것이지요.

직장에서도 그 가능성이 없다고는 할 수 없지만, 거기서는 모두들 많든 적든 갑옷을 입고 있기 때문에 서로의 불성을 좀처럼 들여다볼 수가 없습니다.

나는 혼자서 작업을 하는 일이 많기 때문에 사람이 모이는 곳을 접할 수 있는 곳은 가정이나 술집밖에 없습니다. 술집에 있는 '불량 노친네'에게도 불성이 있습니다. 자신의 마음이 가는 곳, 그곳에 항상 불성이 있다고 생각하면 어디 있어도 인생은 즐겁습니다.

마음속의 불성을 발견하고 자신을 신뢰할 수 있다면 하루하루를 웃으며 지낼 수가 있습니다. 하고 싶은 일을 할 수 있고, 내키는 대로 지낼 수가 있습니다. 그것이 자유가 아닐까요? 여기에는 남자든 여자든, 늙은이든 젊은이든 아무런 관계가 없습니다.

무슨 소리를
들어도
마이동풍입니다

집에서는 작업을 하기도 하고 그림을 그리거나 때로는 불교서적을 펼치기도 합니다. 그러다가 저녁이 되면 옷을 차려입고 집을 나섭니다.

스트레스를 해소하러 술집에 간다는 사람이 있는데 내 경우에는 인생의 즐거움과 사회적인 즐거움을 확인하기 위해 술집에 갑니다. 때를 벗기러 간다고도 할 수 있지요.

나이 여든이 넘은 사람이 매일 밤 술을 마시다니 그럴 리가 없다는 사람도 있겠지만, 나는 엄연히 허구한 날 마시는 걸 어쩌겠소. 보통 사람처럼 마시고 보통 사람처럼 먹습니다. 하지만 나는 술을 좋아한다기보다는 술집에서 잔을 기울이는 사람들을 좋아하고 누구에게 질세라 열심히 농담을 지껄이는 것을 상당히 좋아합니다.

개중에는 그러는 나를 이해 못하고 얼굴에 '못 말리는 영감쟁이'라고 쓰여 있는 경우도 있습니다. 그러나 그 사람이 어떻게 생각하든, 무슨 소리를 하든 나는 마이동풍입니다.

밀교의 전법은 부처님의 가르침 가운데 진수 같은 것입니다. 그것이 하나의 그릇에 알맞게 들어가는 분량이라고 칩시다. 스승은 제자가 자신과 똑같은 크기의 그릇이 될 때까지 참을성 있게 기다리며 한 방울도 남김없이 가르침을 그릇에 쏟아부어줍니다. 이렇게 해서 스승으로부터 제자에게로 이른바 비법이 전해집니다. 이것을 사병(瀉甁)이라고 합니다. 제자의 그릇이 작으면 소중한 가르침은 넘쳐버려 받을 수 있는 내용물이 적어질 것입니다. 그래서 그릇을 판단하는 눈은 엄격하고 신중합니다.

나는 상대의 그릇이 똑같은 크기가 될 때까지 마이동풍이어도 상관없다는 생각이지요.

옛날에 식물학자 한 분이 고령의 나이가 되어 몸을 움직일 수 없게 되었을 때, 매일 많은 엽서를 썼다고 합니다. 어떤 사람에게는 진지한 식물 이야기만 했고, 다른 사람에게는 남에게 보이는 걸 꺼릴 만한 내용을 써서 보냈다던가.

그 이야기를 듣고 나는 '그 학자는 사람을 보고 있었구나'라고 생각했습니다. 나 역시 말해 봐야 소용없는 사람에게는 말하지 않습니다. 어떻게든 알아들을 법한 사람에게는 조금씩 험한 소리도 해주긴 하지만.

수행 시절에는 그림같이 성실하고 고지식했습니다. 오로지 진리를 찾기 위해 살았고 괴로운 수행에 적극적으로 임했습니다. 전법을 받고 '조금은 진리에 가까워졌나' 싶었던 시기도 있었습니다. 그러나 지금 생각하면 '난행고행 허위의 행'이었지요.

지금은 다릅니다. 가르침보다도 먼저 인간이 있다고 생각합니다. 내가 있고 나와 같은 생명을 가진 살아 있는 사람이 있고 각기 생명을 찬란하게 빛내고 있습니다. 거기에 부처님이 깃들어 있습니다.

젊을 때는 이 생각이 완전히 거꾸로였습니다. 우선 깨달음이 있다고 생각했던 거지요. 깨달음을 얻기 위해서는 물불 가리지 않겠다는 각오였습니다.

지금은 '동행이인'이라고 하면 좋을 거 같습니다. 이제서야 겨우 부처님의 너그러운 배려가 몸속에 스며들기 시작했습니다. 무엇을 해도 마음속에 부처님을 느낍니다.

그래서 '불량'이라는 소리를 들어도 구애받지 않습니다. 불량이라고는 하지만 몹쓸 존재는 아니기 때문입니다.

때로는 마음에 잔잔한 물결이 이는 것도 필요합니다. 그러지 않으면 인생은 답답할 뿐일 테지요. 답답한 것을 억지로 참고 있는 게 좋은지, '불량 노친네'라는 말을 들어가면서도 떠들고 다니는 것이 좋은지 대답은 분명하므로.

복권에 당첨되는 것보다 기뻤던 10만 엔의 사연

최근에 너무나 신선한 사건이 있었습니다. 복권 당첨으로 3억 엔을 타는 것보다도 기쁜 일이었습니다. 물론 복권에 당첨된 적이 없으니 그 기쁨을 체험한 바가 없으나, 그래도 내가 체험한 기쁨은 그보다 못지않다고 믿고 있습니다.

상당히 오래 전의 일인데, 말 못할 사연으로 니가타에 살 수 없는 상황이 되어 도망치듯 도쿄로 올라온 어떤 가족을 받아준 적이 있습니다. 당분간 우리 집에 있다가 그 후에 어딘가에 있는 아파트로 이사를 갔는데 나는 그런 일이 있었다는 것조차 잊고 있었습니다.

그런데 몇 십 년 만에 그 부인이 찾아왔습니다. 그리고는 테이블 위에 10만 엔을 내밀며 이렇게 말하는 겁니다.

"그토록 신세를 지고 떠난 후에 줄곧 잊지 않고 지냈습니다. 하루라도 빨리 감사를 드리려고 했지만 가난한 생활 때문에 오늘에서야 찾아왔습니다. 여기 딸과 함께 열심히 모은 돈이 있습니다. 감사 표시를 하려고 모은 돈입니다."

세상에 공짜가 없다는 말은 이럴 때 쓰는 말일까? 고맙게 받기로 했습니다.

그들이 돌아간 뒤 나는 가족에게 말했습니다. "이건 돈이 아니라, 그 분들의 마음이다. 그러니까 쓰지 말고 소중하게 간직해두자."

10만 엔이 큰 돈인지 작은 돈인지 그런 건 모릅니다. 마음이라고 하지만 10만 엔은 10만 엔일 뿐이라고 하는 사람도 있을 겁니다.

하지만 나는 그렇지 않다고 믿습니다. 이것은 단순한 1만 엔 짜리 열 장이 아니라 그 사람들 마음의 크기입니다. 3억 엔이 당첨되었다 해도 그건 그저 돈일 뿐입니다. 그러나 내가 받은 10만 엔은 마음의 풍요입니다.

좋은 돈 나쁜 돈이 따로 있지는 않습니다. 그 돈의 배경에는 사람이 있습니다. 은혜를 갚기 위해 필사적인 노력을 기울여 차곡차곡 모아온 사람의 마음이 있습니다. 그런 점을 분명하게 보여주고 싶었습니다.

나이를 먹으면 '버리는 일이 특기'이고 싶습니다

패전 직후에는 모두들 배를 주렸고 방황했습니다. 지금은 풍요로운 생활에 혈안이 되어 방황하고 있다는 느낌입니다.

그러나 만족하지 못한다는 점에서는 그때나 지금이나 마찬가지입니다. 단지 '절대적 빈곤' 가운데 있던 50여 년 전에는 사람들이 훨씬 더 순박했고 밝았습니다. 그런데 요즘의 결핍은 어딘지 비겁한 느낌이 있습니다. 몸의 질병보다도 마음의 병으로 고통받는 사람이 많은 것처럼 보입니다.

물건을 모으는 것이 인간의 습성이지만 불교에서는 '버리는 일'에 대한 소중함을 가르칩니다. '버리는 일'의 소중함이란 다시 말해 욕심을 버리는 일입니다. 석가모니가 출가하는 동기가 되었던 생·로·병·사의 고뇌 외에도 욕심을 버리는 일이 인생의 고통을 줄이는 유일한 길이라는 의미입니다.

그렇다면 모두 버려야 하는 걸까, 버리지 않고도 무욕의 마음을 만들면 되는 거 아니냐고 할 수 있지만 그럴 수는 없지요. 무엇보다도 그런 일은 불가능합니다. 불가능한 일을 하려고 하면 무리가 따릅니다. 무리를 하면 어딘가에서 거짓이 생깁니다.

물건도 욕심도 버리는 방향으로 살아가면 된다고 생각합니다. 특히 어느 정도 나이를 먹으면 그런 방향으로 가는 것이 훨씬 마음 편합니다. 얻으려고 하기보다는 버리려고 함으로써 크고 너그러워집니다.

나는 집에 불이 나는 재난을 당한 적이 있었습니다. 그때 모든 재산을 잃었는데도 이 나이가 되고 보니 다시 물건이 제법 쌓였습니다. 지금 있는 고문서나 고미술품은 모두 어딘가에 기증할 생각입니다. 만일의 사태를 대비하여 건강할 때 각각 거래처를 정해서 실행해야 하겠습니다. 하지만 버릴 수 없는 것도 많이 있습니다. 그것이 인생이구나 싶습니다.

그래서 앞으로는 가능한 필요없는 것은 갖지 않도록 하는 게 좋겠다고 생각합니다. 사실은 그것도 무척 어렵긴 합니다.

옛날에 낡은 회중시계를 모은 적이 있었습니다. 계기는 러·일전쟁에 종군하여 맹목적으로 시계를 긁어모으는 병사들을 위해 만들어진 시계를 우연히 손에 넣은 일에서 비롯되었습니다. '시간'을 소리로 알려주는 시계였습니다. 옛날에는 그런 것이 고물상에서 허접스레기처럼 다루어졌습니다. 불쌍하고도 아깝다는 생각에 하나씩 사모으기 시작한 것이 어느 날 정신을 차리고 보니 잔뜩 쌓여 있었습니다. 지금 같으면 상당한 금액이 되었을 것입니다.

사귀고 있던 여성이 "아는 사람 중에 시계수리 전문가가 있으니 분해를 해달라고 합시다" 하면서 모조리 가지고 갔는데, 그러고는 끝이었습니다.

"앗, 당했구나."

마음 먹고 가져갔다면 쫓아다녀 봐야 소용이 없겠구나 싶었습니다. 어떤 계기가 있어 모은 것이 다시 어떤 계기를 만나 사라져 버렸을 뿐이니 도로 찾으려고 했다가는 이쪽까지 품위가 떨어지고 말겠지요.

물건을 사는 것도, 모아들이는 것도 모두 인간에게는 필요한 행위입니다. 하지만 그보다 더 중요한 것은 버리거나 정리하는 것도 인간에게 필요하다는 것입니다. 모으는 것과 버리는 것, 이 두 가지의 균형이 맞으면 노후의 마음은 편안해지지 않을까 합니다.

속아도
재미있습니다

나이가 이쯤 되니까 사람을 있는 그대로 모두 믿고 싶어집니다. 누구나 불성이 있는 존재이므로 믿지 않으면 실례가 되는 겁니다. 표표히 살아가기 위해서는 모든 것을 있는 그대로 믿어버리면 됩니다. 남을 믿지 못하는 것은 결국 자신을 믿지 못하는 것이므로 그런 삶은 너무도 쓸쓸할 것 같습니다.

현대를 사는 우리들은 타인에 대해 겁쟁이가 되고 있습니다. 스스로를 돌아보아서 나쁜 짓을 하고 있지 않다면 경찰관이 불러 세운다 해도 태연할 겁니다.

내 주위에는 쓸데없이 친절한 사람이 있어서 자기만의 생각을 나에게 열심히 가르쳐 줍니다. "간테이 선생님, 저 사람은 무서운 사람이니까 너무 친하게 지내지 않는 게 좋을 걸요" 하고 말이지요.

충고는 고맙지만 나는 스스로의 견해를 더 믿고 싶습니다. 그래서 "무서운 사람이라니, 그가 물어뜯기라도 한다던가?" 하고 물어봅니다. 만나는 순간 덥썩 물어뜯는다면 그건 무섭지요.

나의 대답을 들은 그 사람은 기가 막히다는 얼굴로 다시 정색을 하더니, "그런 짓이야 않겠지만 사람을 이용하려는 불량한 자라구요" 하고 다시 가르쳐줍니다.

그렇다면 별로 무서워할 것도 없을 터입니다. 그래서 그냥 "괜찮아요, 나 역시 불량 노친네니까" 하고는 이야기를 끝내버립니다.

남을 믿고, 믿지 않는 걸로 색깔을 나누고 싶지는 않습니다. 이용당해도 상관없습니다. 기꺼이 이용당하는 거라면 말이죠. 나는 그런 느낌으로 사람을 보려고 합니다.

여러가지 충고를 해주는 사람은 겁쟁이가 되고 있는 것입니다. 같은 인간끼리 살아가면서 사는 세계를 자꾸 좁게 만들어버린다는 생각이 듭니다. 남을 그렇게 만드는 게 아니라 스스로 그렇게 되어버리는 겁니다.

넓게 생각하면 얼마든지 넓게 살 수 있건만 좁게만 생각하는 것 같아 안타깝습니다.

이용당하지 않으려고 하거나, 이용당하지 않겠다는 생각으로 겁쟁이가 되기보다는 기꺼이 이용당하고 기꺼이 속임을 당해서 좀더 마음이 편하다면, 그걸로 족하지 않을까 생각할 정도의 마음가짐을 갖는 게 좋습니다.

속임을 당해도 '속았구나, 하하' 하고 웃어버리면 그걸로 끝이죠. 그건 스스로 가능한 일이므로.

어느 정도 나이가 되면 자기가 할 수 있는 일만 해서는 안 됩니다. 웃고 넘길 수 있는 일로 사람에 대해 겁쟁이가 되고 싶지는 않습니다. 그렇게 살기에는 인생이 아깝다는 생각이 들거든요.

재미있는 사람은 세상에 얼마든지 있습니다. 전 세계 도처에 있을 겁니다. 해외에 나가면 관광객을 속여 비싼 값으로 선물을 파는 무리도 종종 있습니다. 정말 재미있는 일이지요.

그런 사람들과 신나게 한바탕 판을 벌여보는 겁니다. 물론 나는 내 모국어로 떠들지요. 상대는 처음에는 서툰 영어를 열심히 구사하여 한참 열을 내다가 자기도 모르게 자기네 모국어가 튀어나옵니다.

일본어와 스페인어, 일본어와 한국어, 일본어와 중국어. 그런데 이게 또 신통하게도 통하는 겁니다. 상대가 무슨 말을 하려는 건지 알기 때문에 상대도 내가 하고 싶은 말이 무엇인지 알 것입니다. 말은 통하지 않아도 너도 똑같은 인간이구나 싶어 기분이 좋아집니다.

너무 신이 나면 그냥 사버리지요. 중국에 갔을 때도 이런 식으로 해서 태양전지로 돌아가는 휴대용 선풍기가 달린 모자를 샀습니다.

써보고 나서 알았지만 햇빛을 받는 곳이 아니면 프로펠러가 돌지를 않습니다. 일부러 땡볕을 골라 걸어야지 선풍기가 돌아 시원해지는 거죠. 그늘로 걸어 다니는 사람들이 보고 웃고 있더군요. '속은 건가' 싶으니까 나 역시 웃음이 터져나왔습니다.

그렇다고 나는 다른 사람들에게 그런 모자를 사서는 안 된다는 등의 충고를 하지는 않습니다. "중국에 가면 재미있는 모자를 팔고 있으니까, 한번 사 보라구" 이렇게 말해줍니다.

그 우스꽝스러운 광경은 써보지 않고는 이해할 수 없습니다.

이야기가 또 엉뚱하게 빠졌군요. 이용한다거나 속이거나 하는 건 살아가는 가운데 작은 사건일 뿐입니다. 좀더 큰 재미가 있지요. 그것은 상대를 그대로 믿어주는 일입니다.

너무 작은 일에 신경을 쓰다가 큰 것을 놓쳐버리는 건 아깝지 않겠습니까? 자신을 좀더 믿을 수 있다면 남에 대해서 겁을 낼 필요가 없습니다.

그런 식으로 생각하기 때문에 어디라도 들어갈 수 있고 웃으며 떠들 수가 있는 거라고 생각합니다.

스님의 눈물

　나는 항상 불상에 대해 생각하고 있습니다. 불상에 대해 이야기할 때는 평소의 생각을 이야기하는 셈이지요.

　단적으로 말하자면 조용한 마음으로 불상을 바라보면 그걸로 족합니다. 그 이외의 역할을 불상에 부여할 수는 없습니다. 그랬다가는 '깨달은 척하는 가르침'이 되고 말 것입니다.

　료칸 스님의 일화에 이런 이야기가 있습니다.

　어떤 사람이 료칸 스님에게, 방탕한 생활에 빠진 아들이 있으니 좋은 설교로 사람을 만들어달라고 부탁하여 그 집에 갔습니다. 그런데 그 고승은 설교하는 걸 싫어했기 때문에 아무 말도 하지 않고 날짜만 보내고 말았습니다.

　그리고 마지막 날 현관 입구에 앉아 있던 고승이 방탕한 아들에게 자신의 짚신 끈을 매달라고 부탁했습니다. 그런데 쪼그리고 앉아 고승의 신발끈을 묶고 있던 방탕아들의 목덜미에 뜨거운 것이 뚝뚝 떨어졌습니다. 이상한 생각에 고개를 들어보니 고승이 눈에 눈물을 가득 담은 채 그를 내려다보고 있었다고 합니다. 고승의 모습을 본 방탕한 아들은 백 마디 말보다 더한 것을 얻었을 겁니다. 그것도 귀가 아닌 마음으로 말이죠.

몇 마디의 사족을 달았습니다만, 내가 이 일화에 대해 무언의 가르침이 어쩌구저쩌구 했다간 그 고승이 싫어하는 '깨달은 척하는 설교'가 되어버리기 때문에 더 이상의 말은 않겠습니다. 그러나 믿고 있다는 것은 타이르는 것과 진배없다는 가르침이 자연스럽게 전해져 올 것입니다.

불상의 조용한 모습을 보고 앞서 싸우고 헤어진 사람을 용서하려고 하거나 상대에게도 좋은 점이 있다는 생각을 할 수 있으면 됩니다. 나는 그렇게 생각하면서 정성을 담아 조각하고 있습니다.

이것은 보는 사람의 마음을 끌어당기는 것이 아닙니다. 불상은 보는 사람의 마음을 비추는 거울 같은 것이므로 자신의 일방통행인 '믿음'이 반영되고 또한 그 사람 안으로 들어갑니다. 그런 것이라고 생각합니다. 자기 안에 믿을 수 있는 걸 아무 것도 갖고 있지 않다면 불상에서는 아무 것도 보이지 않습니다.

'고요함'을 찾아 불상을 마주합니다

깊은 숲속은 나무들의 생기로 가득 차 있으면서 '고요함' 그 자체입니다.

나는 꽤 많은 숲속을 걸어다녔으며, 마지막에 도달하고 싶은 경지는 숲과 같은 조용함을 갖춘 모습이 되는 것입니다.

고요함으로 에워싸여 있지만 새 소리, 물 소리, 바람 소리가 들립니다. 새가 아무리 지저귀더라도 그 소리가 조금의 방해도 되지 않는 고요함. 그것은 안으로 깊이 깊이 잦아드는 듯한 '기'의 출현이라고 생각합니다.

'기'가 뿜어내고 있는 것인지 혹은 끝없이 빨려들어가고 있는 것인지 이미 알 수 없을 정도로 혼연일체가 되어 있습니다. 그런 경지에 도달하고 싶습니다.

불상 조각도 고요함에 싸인 세계에 의탁해서 하고 있습니다. 끝없이 '기'를 뿜어내고 있는지 빨아들이고 있는지 알 수 없는 그런 모습이 되고 싶습니다.

살아 있는 인간이 어떻게 하면 그런 세계에 도달할 수 있을지는 알지 못합니다. 그러나 어렴풋이 깨달아지는 것이 있습니다. 그것은 불상을 마주할 때 오로지 자신의 '기'를 가라앉히는 것입니다. 나는 그렇게 해서 끌을 쥔 손에 힘을 넣으려 하고 있습니다. 그렇게 하면 불상에 조용한 힘이 흐르기 시작합니다. 다른 표현으로 하면, 지금 모양을 갖추어가고 있는 불상이 '기'를 빨아들이고 있다고도 할 수 있습니다. 그 너머로 고요함이 보이는 듯합니다. 완성된 불상 너머로 말입니다.

그래서 이렇게 생각합니다.

혼자 힘만으로는 '자신'이라는 작품을 완성할 수 없습니다. 오히려 자신은 나무토막이 되어서 조각이 만들어지는 듯한 심정으로 좀더 큰 힘에 몸을 맡깁니다.

어딘가에다 자신을 던져놓지 않으면 '고요함'의 세계에는 이를 수가 없을 거라는 생각이 듭니다. 자신을 던진다는 말이 입으로는 쉽지만 아무나 할 수 있는 건 아닙니다. 그래서 오히려 그렇게 할 수 있다는 사람은 신뢰할 수 없습니다. 하지만 그런 경지에 도달하고 싶다는 생각을 가진 사람은 신뢰하려고 합니다. 나무토막이 작가의 손에 맡겨져서도 무심하게 있을 수 있듯이 말입니다.

나는 여전히 좀 두렵습니다. 서툰 조각가의 끝이 시퍼렇게 날을 세우고 달려들어도 평온하게 있을 수 있는 나무토막의 경지에는 아직 도달하지 못했기 때문입니다.

그래서 내게 있어서 '고요함'의 세계는 멀리 희미하게 보일까 말까한 정도입니다. 하지만 그쪽을 향하고 있는 자신에 대해서는 순순히 믿어주고 싶습니다.

삶에 이치 따위는
필요치
않습니다

살아 있으면 늘 미혹이 따릅니다.

그럴 때 삶에 대해 이러쿵저러쿵 이치를 따져 정답을 찾기보다는 자신을 좀더 돌아보는 게 훨씬 도움이 될지도 모릅니다.

그러나 자신을 바라본다는 게 또 무지하게 어렵습니다. 그런 사람은 어딘가 절에라도 들어가 마음을 고요히 가라앉히고 불상과 마주해 보는 것도 좋을 겁니다. 자신이 걸어가는 방향이 보일지도 모르니까요.

불상을 작품 양식이나 표현적인 미(美)로만 보려 하지 말고 내면에서 뿜어나오는 '화살표' 방향을 보려고 하면 언제 어느 때 만들어졌는지까지도 알 수 있습니다. 그걸 알면 그 시대를 살았던 사람들의 경지를 알 수가 있습니다.

예를 들어 무로마치 시대의 불상을 보면 내면을 향한 화살표가 희박해지고 있습니다. 그만큼 표면적인 부처를 향해 '화살표'를 힘껏 끌어내리려고 하기 때문에 너무 경직되어 있습니다. 그래서 '이건 무로마치 시대군' 하고 압니다.

내면을 향한 화살표가 희박한 것은 생각해 보면 당연한 건지도 모릅니다. 전국시대에는 허구한 날 전란으로 지새며 내일 일조차 알 수 없던 시대가 오래 이어졌습니다. 그런 가운데 가까스로 막부가 성립되었지만 그 와중에 사람들 주위에서는 죽음이 넘쳐 흘렀습니다.

그 무시무시하고도 음산한 죽음으로부터 어떻게든 자유를 얻고 싶은 마음에 이것저것 생각하다가 '저세상'이 '이승'의 것이 되어 나타나는 것입니다. 편안한 저세상이 있으면 이승의 불안도 참아 낼 수 있습니다.

이것은 이치입니다. 그래서 무로마치의 불상에는 쉽게 구원을 찾고자 하는 느슨함도 느낍니다. 화살표로 말하면 '이승 → 저승'이 아닌 '이승 ← 저승'이 되듯이 화살표 방향이 거꾸로 뒤집어집니다.

그렇게라도 생각하지 않고는 살아갈 수 없었던 괴로운 현실(이승)이었을 것입니다. 거기서 벗어나기 위해 화살표 방향을 바꾸어버린 겁니다. 나는 그런 식으로 생각합니다.

화살표 방향을 바꾸면 어떻게 되겠습니까? 종교가 있고 난 뒤에 인간이 있다는 결과가 되지요.

본 적도 없는 정토(淨土)를 보려고 하면 종교에 의지할 수밖에 없습니다. 이것은 사실입니다. 종교에 의해 정토가 보이는 것이므로 아무래도 종교가 먼저 있고 그 다음에 인간이 있다는 발상이 되는 겁니다.

이렇게 되면 당연하게 생명을 빛내는 삶은 생각할 수 없게 되는 겁니다. 내 생각에는 이렇게 된 배경에 종교 이치가 개입했다는 생각이 드는군요. 불교 경전을 여러모로 연구하고 여러가지 해석을 찾아내어 어떻게든 보이지 않는 정토를 보이는 것으로 만들었습니다.

여러가지 연구가 있지만 석가모니 자체가 그런 연구를 한 건 아닙니다. 나중에 제자들이 모여 여러 경전을 만들거나 하는 단계에서 일종의 철학적인 면모를 첨가시킨 것입니다.

이런 생각이 불상에도 나타납니다. 이래야만 한다는 종교적인 이치가 들어가기 시작하는 겁니다. 내가 보기에 무로마치 시대의 불상은 경직되어 있는 것 같은데, 그것은 죽음이 만연되어 있던 상황과 '이래야만 한다'는 이치가 섞여들어 있기 때문일 것입니다.

무로마치 시대는 노(能, 일본의 전통적인 가면극-옮긴이)의 가면이나 그 시대의 작품에서 인간의 내면을 간파하려는 요소가 눈에 띄게 두드러집니다. 전체적으로 보면 생명을 빛내는 인간이 드물어지고 있는 것이죠.

내세가 이 세상에 들어와버린 탓인지 이 세상에서 뿌리를 내리고 살아가려는 밑둥 부분이 보이지 않게 되어가고 있습니다. 밑둥 부분이 없어지면 불안정해지기 때문에 어쩔 수 없이 그것을 감추고 보충하려는 우아함이 전면에 드러납니다.

무로마치 시대의 것은 얼핏 보기에는 우아합니다. 하지만 뭔가가 모자라는 듯한 느낌입니다. 뭔가 부족한, 그것은 뿌리를 단단히 내리고 서 있는 식물의 아름다움이 아니라 화병에 꽂힌 꽃의 아름다움이라고나 하면 좋을까.

머지 않아 말라죽을 운명을 지닌, 만들어진 미 같다는 생각이 드는 것입니다. 물론 그것도 미의 범주에는 들어갑니다.

인간은 '죽어야 할 존재'이기 때문에 죽음에 대한 두려움과 불안이 있다는 건 이해합니다. 그러나 불교가 들어오기 훨씬 이전 태고의 사람들은 이승에 살면서 내세를 찾으려는 식의 이치를 생각하고 살았을까요?

옛날 아주 옛날 태곳적에도 주위에 죽음은 흔하게 있었습니다.

그렇기 때문에 죽음을 두려워하기도 했을 것입니다. 그러나 태고의 사람들은 화살표를 거꾸로 돌리는 식의 이치는 꾸며내지 않았습니다. '삶 → 죽음', 이 화살표는 당연하게 여겨졌습니다. 그때는 결코 '삶 ← 죽음'이 아니었습니다. 나침판의 자석이 북극을 가리키듯이 죽음을 향해 나아가는 것이 지극히 자연스러운 모습이었습니다.

이것저것 궁리를 해서 이치를 따지는 삶의 '정답'을 찾기보다 당연한 것을 당연하게 받아들이는 모습이었으면 합니다. 물론 자신이 죽어야 할 존재라는 것 역시 마찬가지입니다.

헤이안 시대의 불상에 드러나는 초연한 '인간'

불상 가운데 내가 좋아하는 것은 나라 시대, 즉 헤이안 시대의 것입니다. 헤이안 시대의 불상은 삶과 죽음의 화살표가 당연한 모습으로 깃들어 있습니다. 기본적으로 삶이 뿌리를 단단히 내리고 있었던 겁니다.

그래서 생명 자체가 충만했습니다. 생명 자체의 강인함이 있어 그런 느낌에 압도당합니다. 그런데 시대가 흐르면서 그것이 갑옷을 입은 강인함으로 변해가고 있습니다. 생명 자체가 허약해지기만 하니 그것을 보충하기 위해 갑옷을 입은 듯한 강건함을 표현합니다.

표면적인 강인함입니다. 불상 내면에 생명이 약동하고 있는 게 아니라 외면의 힘으로 내면의 생명을 나타내려고 합니다. 금강역

사상처럼 울퉁불퉁한 근육을 늠름하게 붙여서 만들지 않으면 생명의 강인함을 표현할 수가 없게 됩니다. 나는 그런 느낌이 듭니다.

그러나 헤이안 시대는 그렇지 않았습니다. 초연한 힘이 깃들어 있습니다. 마치 산줄기가 겹치듯이, 거대한 힘이 느껴집니다. 그 것을 조형으로 완성한 것이 헤이안 시대의 불상이라고 나는 생각합니다.

헤이안 시대에는, 이상한 비유일지 모르지만 '인간은 동물이 아니다'라는 강한 주장, 즉 자연에 대한 두려움이 있었습니다. 삶의 터전에 단단하게 뿌리내린 생이 있고 그것을 드높이 노래하고 있습니다. 그런 정신의 약동이 느껴집니다. 고대인의 늠름한 생명의 모습이 적절하게 가미되어 있습니다.

그러니까 이 시대까지는 고대인의 꼬리가 남아 있었다고 보아야 할 것입니다. 시대가 변함에 따라 꼬리가 몸 안으로 들어가 버리고 밖에서는 보이지 않게 되었습니다. 그런 것이 있었다는 것조차 숨기려고 동물로서의 살아 있는 힘이 차츰 약해지고 있는 듯합니다.

헤이안 시대의 사람들은 고대인의 훌륭한 꼬리를 갖긴 했지만 '우리는 인간이야'라는 긍지를 갖고 있었습니다. 같은 꼬리가 있지만 개나 동물과는 다르다는 긍지가 있었습니다. 나는 이러한 정신의 조화를 좋아합니다.

모두가
거세당해서야
되겠습니까?

당시의 불상을 보면, 뒤쪽에 작자를 표현하는 독특한 말이 남아 있습니다. 당당하고 좋지 않습니까? 나무를 조각하는 남자라는 뜻으로 '木마라(나무자지)', 혹은 쇠를 다루는 남자라는 뜻의 '쇠(鐵)마라 三人' 등, 이렇게 자신감에 넘치는 여유로운 정신의 번득임이 있습니다.

최근에 그런 말을 당당하게 내세우는 사람이 얼마나 있습니까? 모두가 거세당한 듯이 약해빠진 태도입니다. 속으로는 은근히 무례하게 처신하면서도 배려를 하고 있는 듯 굽니다. 이용하려고 할 뿐이면서 겉으로는 선의를 내세우고 있습니다. 그래서 '나는 자지를 갖고 있다'라고는 도저히 말하지 못합니다. 만들어내는 물건도 거세당한 듯 종종걸음입니다.

개는 개, 인간은 인간, 마치 생명이 다르다는 식의 이치를 갖다 붙여놓고 기를 쓰며 살아가고 있다는 느낌입니다.

조각뿐이 아닙니다. 업무도 그렇습니다. 어떤 장르의 일을 보더라도 '내가 이걸 했다'라는 정신의 긴장 같은 것을 찾아보기가 어려워지고 있습니다.

삶 전체를 봐도 그렇습니다. 생명이 살아 숨쉬는 모습으로 당당하게 살아가는 사람이 적어지고 있습니다. 계산에만 밝고 이익에 연연하는 사람이 너무나 많습니다.

정신이 '거세당하고 있기' 때문에 생명 자체를 불태울 수가 없습니다. 간신히 타오르는 '척', 빛나는 '척'합니다. '척'을 해봤자 아무 소용이 없건만.

헤이안 시대의 '나무자지'가 조각한 불상은 나무라는 소재를 조각하면서 나무와 자신이 혼연일체가 된 듯한 힘찬 기백이 있습니다. 그렇기 때문에 나무도 아니고 물론 자신도 아닙니다. 그런 경지에까지 도달해 있습니다. 그 정도로 정성이 들어간 일을 하고 있다는 의미입니다.

이렇게까지 하지 않으면 저 산줄기 같은 거대한, 너그러운 작품은 만들어지지 않습니다. 삶에 생명이 약동하지 않으면 일에도 신이 나지 않는 법입니다.

기개를 가지면 마음은 자유롭습니다

진리를 깨닫고자 자신을 괴롭힌 것은 '난행고행'이고 그것이 '거짓수행'임을 알고 나니 마음이 편안해졌습니다.

작품을 만들 때도 밥을 먹을 때도 사람을 만날 때도 자신의 본질만을 응시하려고 합니다. '한 인간'으로서의 기개를 지니면 마음이 자유롭습니다.

한마디로 하면 기운이 넘치게 되었습니다. 무슨 일을 해도 즐겁습니다. 즐거운 일을 하는데 거리낌이나 두려움이 있을 리 없습니다. 마치 한 줄기 강물이, 산속 깊은 계곡의 작은 물줄기로 시작되어 수많은 지류들을 만나 마지막에 넓은 강이 되어 바다로 흘러들듯이 기운이 솟아나는 것이라고 생각합니다.

자신의 본질을 찾으려면 하구로부터 계속 본류를 따라 거슬러 올라가 처음으로 시작되는 최초의 물 한 방울을 찾아내야 합니다.

내 경우 그 한 방울이 '내 안에 불성이 있음'을 깨달았던 것이고 '한 인간'으로 살아갈 수밖에 없음을 알았던 것입니다.

"이봐, 기운 내라구" 하는 격려를 받고 나서야 나오는 기운은 졸졸 흐르는 가느다란 지류에 해당하는 물줄기이지 진정한 힘은 되지 못합니다.

정년퇴직할 때가 되니 마음이 위축된다든가 집에 있어도 할 일이 없다든가 하는, 건강을 잃은 고령의 남자들을 흔히 봅니다. 여자라고는 마누라 외에 인연도 관심도 없다면서 마누라를 여자로 여기지도 않고 있으니 마음이 앞으로 나가지 못하는 겁니다. 두더지 같은 마음가짐이 되는 겁니다.

'아무 할 일이 없어도 살아가는 재주는 있다'고 합니다. 그 재주는 사회와의 접점과 인간관계의 실을 뚝 끊어버리고 고물이라서 퇴장해야 된다느니 하는 생각을 만듭니다.

살아가는 건 재주가 아닙니다. 어떻게 자신의 생명을 눈부시게 만드느냐가 중요합니다. 나이가 몇이든 아무 상관이 없습니다. 적극적으로 관여하지 않더라도 포기할 일은 아닙니다.

인간의 생명은 어느 먼 곳에서 환한 빛이 반딧불처럼 명멸하는 듯한 느낌이어야 하지 않겠습니까? 만약 우리가 눈으로 볼 수 있다면 생명이란 분명 그런 모습일 것입니다. 그것이 동요를 일으킵니다. 마음의 설레임, 즉 동요는 분명 확 밝아지거나 어두워지거나 하는 그런 것입니다. 그 흔들리는 아름다움 같은 것을 언제까지고 계속해서 지켜보아야 할 것입니다.

그처럼 깊은 내면의 동요를 젊을 때는 몰랐습니다. 나도 오랫동안 이치를 따져 세상을 보았기 때문이지요. 책도 어지간히 읽었습니다. 공부가 되긴 했지만 하지 않았던 것보다는 낫다는 정도입니다. 정말로 중요한 것은 이치로는 알 수 없는 것이 많음을 안 뒤에야 생명의 빛이 보이기 시작했습니다.

그것이 보이자 지금까지 시야에 없었던 '여성'이라는 존재가 보이기 시작했습니다. 여성은 이치로는 알 수가 없습니다. 이치로 알려고 하면 영원히 보이지 않을 것입니다. 하지만 이치를 떠나면 금세 알 수 있습니다. 안다는 말은 조금 다를지도 모릅니다. 여성을 통해 사람들 각자의 내면이 일으키는 '생명의 동요'가 더 잘 보이기 시작하는 것입니다.

이렇기에 나는 '저잣거리에 나가봐야지' 하는 생각으로 저녁이면 집을 나서는 것입니다.

남자들이여, 죽을 때까지
색기를 갈고 닦아라

3

야마구치 씨의 '색기'는 눈부시게 번득입니다

살아가는 일은 결국 '색기'라고 생각합니다.

나이를 아무리 많이 먹어도 색기를 잃어서는 안 됩니다. 시들지 않게라고 해도 좋습니다.

남자의 색기에 대해서는 야마구치 씨와의 이야기부터 시작해야 겠습니다. 야마구치 씨를 한마디로 표현하면 '우직한 사람'이었습니다. 그의 친구가 내 친구가 되고 내 친구가 야마구치 씨의 친구가 되는 그런 식으로 순식간에 친구가 늘었습니다. 야마구치 씨는 세상을 떠났지만 좋은 친구를 많이 남기고 갔습니다.

야마구치 씨의 색기는 내면에서 번득이는 듯 좀처럼 겉으로는 보이지 않습니다. 작가라는 직업 때문이었는지, 넘쳐나는 색기를 내면에 꾹꾹 감추고 관찰자라는 태도를 견지하는 면이 있었습니다.

관찰자의 입장을 고수하면서도 무슨 일에나 적극적으로 뛰어들어 진행하는 사람이었습니다. 요컨대 방관자가 아니었다는 말입니다. 의식적으로 한 발짝 뒤로 빼든가 한 발 앞으로 나서든가 둘중 하나였습니다.

같이 그림도 많이 그렸습니다. 어느 순간에 보면 어린애 같은 표정으로 진지하게 스케치북을 마주하고 있습니다.

그림을 그리고 있을 때는 내면에 간직하고 있는 색기가 무방비 상태로 그대로 드러나 있었습니다. 그럴 때 그의 표정은 아주 보기 좋았습니다. 나는 그런 야마구치 씨를 옆에서 보거나 뒤에서 보는 걸 좋아했습니다. 보통 때처럼 한 발짝 물러난 관찰자가 아니라 한 발 앞으로 나선 관찰자였다고 할까요.

방관자처럼 살면 색기가 나오지 않습니다. 적극적으로 사람과 세상에 부딪혀야 합니다.

한 발 물러서든가 앞으로 나서든가는 삶의 스타일이지만, '치고 나가는' 자세가 없으면 색기는 나오지 않습니다. 부드러움 속에 단호한 뚝심을 감추고 있는 그런 느낌이지요.

야마구치 씨가 있으면 분명히 '노화방지 학원'에 참가하기를 원했을 겁니다. 나와는 다른 방식이지만 인생을 즐기는 사람이었습니다. 달인이었지요.

우정도 연애도, 색기가 있는 곳에서 탄생합니다

색기는 색기로 감응하게 마련입니다. 색기 없는 인생은 재미없지 않습니까.

나는 지금도 사람을 만나면 마음이 설레입니다. 특히 아름다운 사람이나 의기투합이 되는 사람을 만나는 경우는 촛불이 흔들리듯이 스스로 마음의 살랑거림을 느낄 수 있습니다.

여기서 말하는 아름다운 사람은 젊은 사람이라든가 얼굴이 잘생겼다든가 하는 그런 좁은 의미가 아닙니다. 그런 사람도 포함은 되지만 좀더 폭넓게 그 사람이 자아내는 분위기 같은 것이 아름답다는 의미입니다. 어딘가 모르게 아련하게 드러나는 초연함 같은 것입니다.

술기운을 빌려 "하루를 유쾌하게 보내고 싶으면 여자와 산책을 하라, 1년을 즐겁게 지내고 싶거든 사랑을 하라, 평생 즐거우려면 여자 친구를 만들어라" 따위의 이야기를 하곤 했는데 친구로 사귀고 싶은 여자는 그런 분위기가 겸비된 여성을 말합니다.

물론 성인군자처럼 언제까지고 계속 여자 친구인 상태로 있어야 한다는 말은 아닙니다.

나는 무엇보다도 여성을 만지고 싶습니다. '만지고 싶다'는 것은 정확한 표현이 아닙니다. 여성의 부드러운 살갗을 만지고 싶습니다. 남자는 누구나 그런 생각을 하지 않던가요? 스무 살짜리나 80을 넘긴 남자나 그 점은 다르지 않습니다.

"여자는 절대 건드리고 싶지 않다"고 말하는 남자가 있었습니다. "어째서?"라고 물었더니 "전에 그러다 채였거든" 하고 말합니다. 그러니까, 건드리고 싶지가 않은 게 아니라 겁이 나서 손을 대지 못하고 있을 뿐이죠. 섣불리 건드리면 화를 낼 테니까 손도 대지 않을 뿐입니다. 대부분 그렇지 않은가요?

대개는 여자로 하여금 거부감을 느끼도록 손을 대니까 탈이 나는 겁니다. 미숙한 거지요. 나 같은 사람은 여성이 만져주었으면 하고 바라도록 처신하지요. 친한 사람이 다가와 어깨를 톡 하고 치면 기뻐하지 않던가요. 그런 느낌입니다.

잘못 건드려 여성에게 채이는 남자들은 남에게서 배운 지식이 앞서 있지요. '스킨십은 중요한 애정표현이야' 이런 식으로 생각하니, 아직 멀었습니다.

만지고 싶다는 마음을 소중하게 여기질 않습니다. 그런 마음을 소중하게 여기지 못하는 남자는 여성에게 손을 대서는 안 됩니다. 술은 스무 살부터 마시지만 여성의 감촉을 즐기는 것은 자신에 대한 신뢰를 먼저 갖고 난 후라야 합니다.

색기라는 것은 페로몬이라고 하는데, 그런 내분비액만으로는 설명이 되지 않는 법입니다. 마음이 움직이지 않으면 색기는 나오지 않습니다. 살아가는 일이 위축되어 있거나 '어차피 이 세상이라는 건……' 따위로 삐딱하게 살아서는 그런 게 나오지 않습니다. 좀더 순수해져야 합니다. 남의 말만 듣고 즉흥적으로 행동하는 성미로는 아직 거칠고 성가시기만 합니다. 초보 페로몬입니다.

그렇기 때문에 나이가 몇 살이든 상관없이 색기를 풍기는 남자가 있고 전혀 풍기지 못하는 남자도 있습니다.

그리고 우정도 사랑도 색기가 있는 곳에서 탄생합니다. 색기도 연애도 마음이 설레이지 않으면 일어나지 않기 때문입니다. 여자의 색기와 남자의 색기가 감응하는 곳에서 사랑이 탄생하고 남자의 색기와 남자의 색기가 있는 곳에 우정이 탄생한다는 건 만고의 진리입니다.

'사랑은 옛날 이야기지'라든가 '여자는 이제 졸업했어' 따위로 말하는 중년 남자는 마음이 설레지 않는다는 사실을 자백하고 있을 뿐입니다.

나는 80이 지나도 마음이 설레이기 때문에 사랑을 하고 싶고 남자의 색기를 매우 소중하게 여기고 있습니다. 색기가 있는 사람은 남녀를 불문하고 누구든 좋아하지요.

과장된 말로는
마음이 전달되지
않습니다

'카리스마'라는 말이 매스컴에 자주 등장합니다.

원래는 이치를 초월하여 사람을 끌어당기는 힘을 가진 사람을 말하는데, 좋고 나쁘고를 따지기에 앞서서, 나치스의 히틀러라든가 프랑스의 드골 대통령 같은 사람에게도 부여된 말이었습니다.

그러던 것이 요즘은 어떻게 된 일인지 인기가 조금만 있어도 '카리스마'라는 말을 듣습니다. 언어의 인플레 현상이 시작된 건 이미 오래 전이지만 이 또한 그 중에 하나일 겁니다.

말이 인플레를 일으키면 쓸데없는 대화가 많아집니다. 실제로 요즘 젊은이들의 대화는 끝이 없지요. 오히려 나이가 들면서 짧아지는 것 같습니다.

옛날 사람들의 편지에는 종종 '바빠서 편지를 쓰지 못했습니다'라고 썼습니다. 말을 고르거나 다듬을 시간이 없었다는 변명인데 생각하는 바를 모든 정성이 담긴 짧은 말로 표현하는 것이 삶의 기본에 흐르고 있었기 때문에 그런 변명이 필요했던 겁니다.

생각하는 바를 함축시키다 보면 오랜만에 길에서 만나도 "원기가 있어 보이는군" 하고 말해 주고, "덕분에"라고 대답했습니다.

이 정도면 마음이 전해집니다. '원기'라는 건 생명의 원천에서 솟아나는 힘입니다. 그것을 말로 축원하는 거죠. 그러면 생명도 점점 빛을 발휘하게 되지요. 인간의 심신은 그렇게 만들어져 있습니다.

사람 하나를 사귄다는 건 어떤 걸까, 생각해 봅니다. 그것이 여성이든 남성이든 말입니다.

지겨운 인연이라고나 할까요. 만나서 아무리 이야기를 해도 말이 겉돌기만 하고 뭔가 깊은 데서 탁 하고 걸리는 느낌이 없는 경우가 있습니다. 이런 경우는 만나기는 하지만 만나지 않은 거나 진배 없습니다. 인플레의 극치죠.

커다란 재해가 있었다는 소식을 듣고 친지의 안부를 걱정하다가 전화가 연결되었을 때의 일을 기억해 봅시다.

"괜찮아? 별일없어?"

"괜찮아요."

"정말 다행이네."

이런 식으로 이야기를 진행하지만 이럴 때는 한 마디 한 마디가 자신의 마음이며 상대 마음과 깊은 교류를 하는 것입니다.

사람 하나를 사귄다는 것은 이런 모습입니다. 진지하기 이를 데 없지요.

나는 술자리에서 쓸데없는 수다를 떠벌이지만 말에 신경을 많이 쓰는 편이지요.

구니다치에서는 아는 사람들하고만 마주치는데, 언젠가 구니다치에서 전철을 타고 다섯 정거장 지난 곳에 있는 술집에 가보니 예술을 하는 여성들이 와 있었습니다. 가게 여주인이 여성들에게 "구니다치에 사시는 간테이 선생님, 알고 계시죠?" 하고 말하자 그 여성들은 고개를 저으며 "몰라요"라고 대답했습니다.

본인을 앞에 놓고 모른다고 하는 거니까, 이런 경우는 말의 인플레가 아닙니다. 힘이 들어가 있어서 기분이 좋아졌습니다.

이런 일이 있고 나서 나는 그 술자리를 무시할 수가 없었습니다. 이 한 마디에서 마음이 때가 벗겨지는 듯했습니다.

또 한번은 한참 객쩍은 이야기를 떠벌이며 어느 술집에서 아는 여성과 술을 마시고 있었습니다.

그러다가 대뜸 그 여성의 어깨에 손을 얹었더니 발끈하며 "나,

그런 여자 아니에요"라며 정색을 하는 겁니다. '그런 여자가 아니
라니……? 그럼 '그런 여자'는 어떤 여자란 말인가? 그 말은 '그
런 여자' 들에게 실례가 아닌가?' 라는 말이 목에까지 올라왔지만
꾹 참았습니다. 이런 걸 봐도 껍질이 두꺼운 겁니다.

　호통을 당하기도 하고 무시를 당하거나 하면서도 여성들과는
'단 하나의 여성'처럼 사귑니다. 내 입장에서 보면 이것은 연애
같은 겁니다.

떠내려온
젓가락을 반갑게
사용하는 어리석음

오래 전부터 알고 지내는 여성도 있지만 최근에 알게 된 술집 아르바이트를 하는 여성도 있습니다. 이렇게 여러 분야의 여성들을 알고 있는 나에게 '불행'이 있다면 그들이 절대 일 대 일로 만나주지 않는 거라고 할 것입니다. 여성들과 한잔 하러 가거나 여행을 간다는 이야기가 나오면 어느새 '적'의 숫자가 불어나 있습니다. 그 '적' 중에는 "기대가 됩니다"라며 속이 뻔히 보이는 말을 하는 남자들이 있습니다. 그 말에 "그냥 술친구죠"라고 말하면 요컨대 '아무 일도 없을 거다'라는 의미가 됩니다.

'무슨 일이 있든 없든 당신 알 바가 아니잖아?'이렇게 말을 해주고 싶지만 그런 말 대신 이렇게 대응합니다.

"당신도 강물에 떠내려온 젓가락을 고맙게 쓰는 사람이군."

옛날에 교토나 나라의 승려들은 나뭇가지를 꺾어 줄기에 달린 거친 보푸라기를 잘 다듬어 뒤를 닦았습니다.

종이가 없던 시대였으므로 모두 그런 비슷한 흉내를 내서 농부나 목수가 나무를 깎아 젓가락처럼 만들어 뒤를 닦았습니다. 매일 하는 일이라 갈수록 편리한 쓰임새로 만들었습니다. 모양이 갖추어진 거지요. 쓰고 난 막대기는 강물에 던져버렸습니다.

그런데 하류에서 그것을 주운 남자가 '쓸 만한 젓가락이 떠내려왔군' 했다나 어쩼다나.

젓가락처럼 생긴 물건이 상류에서 떠내려오자 무슨 용도로 사용했는지 생각해 보지도 않고 자신의 짧은 경험과 생각의 폭만으로 판단하게 되지요.

내가 여성들과 얼마나 깊은 교제를 하고 있는지는 말로 할 수도 없고 여기서 일일이 쓸 수도 없습니다. 단지 모두 평생 만나는 여자 친구면 그뿐입니다.

그걸로 마음이 설레는 거니까 여성들은 내게 있어서 기분 좋은 미풍 같은 존재라고 생각합니다.

또 어떤 남자는 얼굴이 상기되어 "그럼 나도 분발해야겠군" 하고 말하기도 합니다. 그러면 나는 "그럼 못쓰네" 하고 말해줍니다. 모든 일에는 상류와 하류가 있습니다. 상류를 안다는 것은 자신을 안다는 의미입니다. 자신 안의 불성을 깨닫고 있다는 의미입니다.

그것을 모르고 욕망만으로 움직이면 실패할 게 뻔합니다. 나는 그런 사람들에게는 "미숙한 사람이 불륜을 저질러서는 못쓰네. 마누라한테 들통나면 어쩔려구 그러지?"하고 걱정까지 해줍니다. 그러면 그는 "그럼 간테이 선생은 괜찮단 말입니까?" 하고 참으로 어리석은 질문을 합니다.

그럼 나는 "우리 집사람은 내가 다른 여자와 한 이불 안에 들어가 있는 걸 봐도 '우리 남편은 그런 짓을 하지 않아' 하고 생각할 걸" 이렇게 말해주지요. "과연 부인께서 그러시니 선생은 마음놓고 놀러 다닐 수가 있군요" 이 정도까지 나오면 나도 어이가 없어지니까 "아니, 그건 길들이기 나름이야" 하는 정도로 이야기를 끝내버립니다.

미숙한 남자일수록 여성의 강인함을 모릅니다

어떤 분야에서건 어느 정도의 위치에 올랐다고 하더라도 아직 정상에 오른 건 아닙니다. 거기에 끝은 없습니다. 명인이나 달인이 '나는 명인이야, 드디어 달인의 경지에 도달했어' 이렇게 의식하기 시작하면 그걸로 끝입니다. 진정한 명인이나 달인은 죽을 때까지 가파른 언덕을 올라가는 기개를 가진 사람을 말합니다.

인생에서 '메마른다'는 건 있을 수 없습니다. 이건 여든한 살이나 되는 내가 증명합니다. '이젠 시들어도 좋을 나이' 따위의 말을 들으면 '시들고 말고 할 것도 없이 진정한 자신을 아직 만나지도 못했을 것이오' 하고 말하고 싶어집니다. 입 밖으로는 하지 않지만.

주의해서 살펴보면 나이를 먹어가면서 예뻐지는 여성은 얼마든지 있습니다. 싱싱하게 생명의 번득임을 느끼게 하는 경우가 있지요.

나이 먹은 여성을 여성으로 여기지 않는 사람은, 오감을 통해 솟아오르는 희로애락이 만들어내는 자연스러운 아름다움을 깨닫지 못할 뿐입니다. 얼굴에 생명의 광채가 드러나는 데도 그걸 알아보지 못하는 겁니다. 젊다고 해서 그저 다 좋은 건 아니지요.

내가 말하고 싶은 것은 요컨대, 남성은 이치로 따져 생각하는 버릇이 있어서 재미가 없다는 겁니다. '남자는 이래야만 한다'라든가 '모든 일은 이치가 반듯해야 한다' 따위의 머리로만 생각하는 건 아무 소용이 없습니다. 그렇기 때문에 나이를 먹어도 남자의 표정은 별로 아름다워지지를 않습니다.

특히 50대 정도의 남자들은, 여전히 기름이 번들거리는 주제에 세상의 모든 것을 이해한 듯한 말을 하기 때문에 광택이 없습니다.

아는 척을 해봐야 여성에 대해 아무 것도 모른다는 게 얼굴에 환히 써 있지요.

미숙한 남자는 여성의 강인한 뚝심을 몰라도 너무 모릅니다.

남편이 거의 30년 동안 지방근무를 하는 바람에 집을 지키고 있는 50대 여성이 있습니다. 결혼해서 10년 정도 지나자 시부모가 잇따라 병으로 쓰러져 누워 지내는 상황이 되었습니다. 그 여성은 남편이 없는 동안 시부모의 병수발을 들면서 아이들도 키웠습니다.

병수발로 지쳐 나이에 비해 늙어 보이는 신세가 되었지만 불평 한마디 하지 않고 담담하게 집안일을 해나갔습니다.

여성은 이런 강인함을 가지고 있습니다. '왜 나만 이렇게 힘들지?'라든가 '고생만 해서 억울하다' 이렇게 생각한다면 그런 생활은 해낼 수 없을 것입니다. 이치와 마음 가운데 어떤 것이 중요하냐고 묻는다면 당연히 마음이겠지요. 나는 그 마음 안에 굳건하게 버티고 있는 심지를 좋아합니다.

여성은 강인한 존재입니다. 무엇보다 아이를 낳지 않습니까? 이건 도리나 이치로 설명할 수 있는 게 아닙니다. 이치가 아닌 강인함이나 밝음을 여성들은 자연스러운 형태로 터득하고 있는 겁니다.

여성의 색기도 이런 데서 분출하는 것 같습니다. 젊고 미인인 여성이 남자에게 의지하지 않는다 하여 여자가 아니라고 생각한다면 그 남자는 평생 동안 여성의 훌륭한 점을 이해하지 못합니다.

국회의 상황 중계를 보고 있던 한 여성이 "왜 좀더 즐겁게 하지 못하는 걸까요?" 하고 말했습니다. 그렇구나 싶었습니다. 이런 말을 불쑥 할 수 있다는 점이 아이를 낳고 기르는 여성의 훌륭함입니다. 조금 비약해서 표현하자면 만약 부처님이 이 세상에 다시 나타나더라도 똑같은 식으로 말했을 겁니다. 체제라든가 민족, 국익에 위반된다, 따위의 말은 하지 않을 것입니다.

그렇다면 부처님은 뭐라고 말씀하실까요? 아마도 이렇게 말씀하시겠지요.

"사이좋게 즐겁게 하라구."

살아가는 데 중요한 건 말로 하자면 바로 그런 것입니다. 그것을 제대로 알고 있는지, 마음으로 그렇게 생각할 수 있는지 그것만이 중요합니다.

나도 남자니까 이치를 따지고 듭니다. 하지만 마음의 중요함도 알고 있습니다. 젊은 시절부터 난행고행의 수행을 하고서야 겨우 도달한 단계가 바로, 여성이 불쑥 말하는 것과 똑같은 경지였던 것입니다.

나는 평소에 여성을 그런 식으로 바라봅니다. 그래서 나이를 아무리 먹어도 '여성에게서 졸업' 따위의 말은 할 수가 없습니다.

눈앞에 차 한 잔이 있다고 합시다. 그 한 잔의 차를, 사랑이나 여성이라고 생각해 봅시다. 그런데 찻잔을 들고 단숨에 벌컥벌컥 마시는 사람이 있습니다. 뜨거워서 눈을 휘번득거리다가 꿀꺽 삼켜버립니다. 우리의 식도와 위는 뜨거움을 느끼지 못합니다. 그러므로 뜨거운 차가 위 속에 들어가도 느끼지 못할 뿐이지 뜨거움 자체가 없어진 건 아닙니다.

젊은 여성에게 빠져드는 게 바로 이런 겁니다. 위 속이 짓물러도 느끼지 못하고 겉으로는 아무 일도 없는 듯한 얼굴을 하고 있지요.

보이지 않는 곳에 화상을 입지 않으려면 찻잔을 천천히 집어들고 온도를 확인하면서 조용히 마셔야 하는 겁니다.

여성과 사귀는 것도 그런 느낌으로 하는 게 좋습니다. 연애를 하려면 감추지 말고 조용히 즐기면 되는 것이지 은밀하게 만나고 다니는 것은 보기에도 좋지 않고 살아 있음의 광채가 보이지 않습니다.

이 세상에는 남자와 여자밖에 없기 때문에 죽을 때까지 여성과 사귀고 싶습니다. 그 중 몇몇과는 연애감정이 있어도 나쁠 것이 없겠지요. 사는 게 그런 거라는 느낌이 듭니다.

마누라와도
타성에 젖어서는
안 됩니다

남성의 착각 가운데 '마누라 하나만'이라는 게 있습니다.

"선생님은 기력도 좋으십니다"라며 가볍게 야유를 해오는 남자들이 대충 그렇습니다.

마누라 하나뿐이라는 게 왜 착각인가 하면 그것은 자칫하면 마누라에게는 '익숙해졌다'고 하는 의미이기 때문입니다. 더 이상 볼 게 없다는 뜻이겠지요.

그런데 남자들이 마누라의 마음을 제대로 알고 있기나 한 걸까요? 단지 익숙해졌을 뿐 마누라의 전체 마음 중에서 눈에 보이는 부분밖에 보지 못하는 건지도 모릅니다. 그러면서 마누라는 만족하고 있을 거라고 믿고 있지요. 참고 있을 뿐일지도 모르는데 말입니다. 어떤 아내는 어쩔 수 없어서 같이 살아준다고 생각할지도 모릅니다.

아내와도 적당한 긴장이 있는 게 좋습니다. 그 또한 살아 있다는 의미이므로.

여성으로부터 전화가 걸려오는 경우가 있습니다. 상대가 "선생님, 저 좋아하세요?" 하고 묻지요. 아내가 옆에 있어도 나는 이럴 때 "그럼, 좋아하지" 하고 말할 수밖에 없습니다. 어쩔 수 없습니다, 사실이기 때문에 거짓말을 할 수는 없지요. 그러면 아내와의 사이에 긴장이 생깁니다.

언제였던가, 한 여성이 우리 집에 놀러와서 묵게 되었습니다. 여름이라서 모기가 많았지요. 그 여성이 잠자는 2층 방에 모기향을 갖다 주려고 했더니 아내가 가재미 눈으로 흘겨보더니 "뭔가 수상하네요" 하더군요.

이런 대화도 부부가 타성에 젖지 않았다는 의미에서는 제몫을 하는 거지요. 야릇한 신경전 같은 거죠.

이런 일에 대해 나는 감추지 않습니다. 나쁜 짓을 하고 있다고 생각하지 않기 때문입니다. 나쁜 짓이 아니라도 감추면 나쁜 짓이 되는 겁니다. 아내 입장에서 보면 간테이가 하는 짓이 전부 보이는 겁니다. 그래서 전화 건도 그렇고 모기향 사건도 베란다에 말린 빨래가 바람에 날린 정도로 끝납니다. 손바닥 위에서 일어나는 일인 거겠지요.

훨씬 옛날에는 돌풍이 일어났던 일도 있었습니다. 야마구치 씨가 어딘가에 쓴 '커피 사건' 같은 게 그 돌풍의 극치였지만 여기서 다 밝힐 수는 없군요.

지금은 돌풍이 일어난다기보다 베란다에 널어둔, 아끼는 블라우스가 바람에 날아간 정도의 사건이지요. '어머, 저걸 어째' 하는 정도입니다.

'오로지 마누라만'이라고 부르짖는 남자가 밖에서는 상당히 다른 모습이라는 걸 나는 잘 알고 있습니다. 그러면서도 아내나 자녀들 앞에서는 군자가 됩니다.

자기는 몰래 다 하고 다니면서 가끔 나에게 '불륜은 안 돼' 하는 얼굴로 말하기 때문에 나는 미소 띤 얼굴로 이렇게 말해서 여운을 깔아둡니다.

"힘들겠구먼, 나는 마음만 불륜이라오. 그렇지 않은 적도 있긴 하지만……."

나는 아내에게 감추고 있는 일이 아무 것도 없다고 말은 하지만 사실 이건 허풍입니다. 숨기는 일도 있긴 합니다. 마음에 든 골동품을 사오는 것까지는 그래도 나은 편이지만, 그것을 도저히 아내에게 말할 수가 없어서 집안 어딘가에 감춰둡니다. 이 심정은 골동품 애호가라면 이해할 것이고 몇 번 체험한 바가 있을 테지요.

골동품은 예외지만 난 살아가는 데 타성에 빠지고 싶지가 않기 때문에 거짓말을 하거나 감추거나 하지 않습니다. 아내 앞에서는 무방비 상태로 있는 게 제일 속 편합니다.

진지한 이야기보다는 객쩍은 이야기가 더 좋습니다

'오랜 세월을 같이 살아왔으니 이심전심일 것이다' 이렇게 생각하기 전에 자신이 아내에 대해 어디까지 알고 있는지를 생각해 보는 게 먼저일 것입니다. 남편이 아는 정도로밖에 아내도 남편에 대해 알지 못하는 법입니다.

서로에게 너무나 익숙해서 '아내와 다다미는 새것이 좋다' 따위로 말할 입장이 아니라는 겁니다.

나는 밖에서 다른 여성과 만나는 것과 똑같은 정도의 에너지를 아내에게도 쏟아붓습니다. 밖에서 만나는 여성에게 과도하게 신경을 쓰면서 아내는 내팽개쳐둔다는 것은 균형이 맞지 않기 때문이지요.

'여성과 사귀려면 아내와도 좀더 사귀어라' 이 말입니다. 뭐,

특별한 짓을 하지 않아도 됩니다. 객쩍은 이야기라도 좋습니다. 지금까지의 두 배 정도로 수다를 떱니다. 그런 객쩍은 이야기를 하고 있는 것만으로도 막연하게나마 아내를 이해하게 됩니다. 이 '막연하게'가 좋은 겁니다. 막연하게 이해한다는 것은 막연하게 밖에는 알지 못한다는 의미도 있는 겁니다. 모르는 만큼 상대에 대해 더 신경을 쓰게 됩니다.

아내뿐만이 아닙니다. 어떤 여성에 대해서나 '알았다'고 생각하며 사귈 수는 없습니다.

'여자란 무엇이냐' 이건 궁극적으로 말하자면 '남자란 무엇이냐'이고 '남자란 무엇이냐'라는 건 '나는 과연 무엇인가'라는 의미가 됩니다. 그러므로 열심히 살아지는 겁니다.

나는 아내와 진지한 이야기를 거의 하지 않습니다. 피차 자신의 일처리는 스스로 하게 되어 있기 때문에 할 필요가 없는 겁니다.

대화라고 하면 '옆집 고양이가 새끼를 낳았다는군' 정도의 시시한 화제뿐입니다.

하지만 바로 그 시시함 때문에 중요하다고 생각합니다. 대화에는 탄력이 필요하고 부부의 대화는 그런 시시한 이야기가 탄력이 됩니다. 특히 오래도록 같이 산 부부가 더욱 그렇습니다.

'어제 아내와 대판 싸웠는데……' 하고 말하는 사람의 이야기를 들으면 대개는 진지한 이야기를 하다가 싸운 겁니다. '좀더 긴축을 해야겠어'라든가 '집안일도 좀 거들면 어때요' 따위의 이야기에서 싸움이 벌어집니다. 그런데 옆집 고양이가 새끼를 낳았다는 걸로 싸움을 하는 부부는 없을 것입니다.

오래 산 부부 사이에는 대화가 없다고 말들을 하지요. 그건 진지한 이야기만 하려고 하기 때문이 아닐까 합니다. 만약 아내가 '세 시부터 우리 집 경제와 전망에 대해 논의합시다' 이런 이야기를 꺼내면 나는 그 즉시 신발부터 찾아 신고 슬그머니 뒷문으로 도망쳐 나옵니다. 그런 거창한 이야기가 아니라도 의미 있는 대화를 하려면 피곤해집니다.

의미가 없는 대화라도 좋습니다. 의미가 없기 때문에 제대로 된 대꾸를 하려고 신경 쓰지 않아도 되는 겁니다.

미숙한 남자들은 집 안에서나 밖에서나 이것을 실천하지 못합니다. 진지한 이야기만 하려고 하니까 부부 사이에 대화가 없어지고 밖에 나가면 젊은 여자를 붙잡고 설교를 하려 들다가 관계가 거북하게 됩니다.

"그런 꼴로 다니면 부모가 뭐라고 하지 않아?"라든가 "너희가 정치에 무관심하기 때문에 이 나라의 앞날이……" 이런 식으로 입을 열었다가는 누구도 가까이 오기를 꺼려하는 게 정한 이치입니다.

그런 행동을 반복하다 보면, 나는 여자와는 인연이 없다는 둥, 어쩔 수 없이 마누라밖에 모르는 사람이 되는 겁니다. 그 아내도 시시한 이야기를 하지 않는 남편과 있는 게 즐겁다는 생각은 하지도 않습니다.

여자에게 인기가 있고 없고에 대해 남자들은 신경을 쓰는데, 만약 지금 현재 인기가 없다면 무심하게 시시한 이야기를 하면 되는 겁니다. 아내에게도 인기가 없는 남자가 밖에 나가서 인기가 있을 까닭이 없습니다.

나는 객쩍은 이야기만 하고 다니기 때문에, '저런 또 불량 영감이 판을 벌이고 있군' 이 정도로 끝나지요. 그 정도의 안주감으로 술을 마실 수 있는 것이 제일 속 편합니다. 어떤 때는 아르바이트 여대생을 놀리다가 진지한 남자들로부터 빈축을 사기도 합니다.

지금부터라도 주위에 있는 이야기들, 예를 들면 간단한 유머든가 TV에서 본 재밌는 장면 등 들어도 좋고 안 들어도 그만인 그런 이야기를 해서 여자들로 하여금 데굴데굴 구르면서 웃게 만드는 겁니다. 아가씨들도 그렇게 싫어하지는 않습니다. 그 증거로 "어깨를 주물러줄까?" 하고 말하면 기꺼이 옆에 와서 앉지요. 그러다가 "앗, 머리카락이 들어갔잖아?" 하면서 가슴 쪽으로 손을 뻗습니다. "어머, 선생님도" 하며 웃는 여성은 있지만 화를 내는 여성은 요즘 들어 만난 적이 없습니다.

웃으면 몸과 마음이 자극을 받기 때문에 여성들은 점점 더 예뻐지지요.

이 나이에도 러브레터를 받습니다

지금도 여성들에게서 러브레터를 받습니다.

나는 처자도 있고 손자까지 같이 살고 있기 때문에 러브레터를 받는 일이 얼마나 힘들었는지 모릅니다.

러브레터는 마음의 설레임입니다. 받는 것 자체가 기쁜 일이지요. 마음이 설레기 때문에 아내로부터 "자, 편지" 하고 내던지듯 받고 싶지 않습니다. 그러면 청구서나 독촉장을 받는 것과 다를 게 하나도 없지 않겠습니까?

감이 빠른 편이기 때문에 오늘쯤 편지가 오겠다 싶으면 괜히 밖으로 나가 우체부가 오기를 기다립니다.

"그런 거야 사춘기 어린 시절에나 하는 거지요" 하며 옛날을 회상하는 남자가 있었습니다. 이 사람도 나이를 생각해서, 분별이나 찾는 게 어른이 되는 거라고 착각하고 있는 건지도 모릅니다. 그 시절의 설레임을 이 나이에도 느낀다는 게 얼마나 좋은 건지 모르는 소치지요.

더구나 아내도 내가 왜 밖에서 서성거리고 있는지를 대충 눈치채고 있습니다. "강아지도 아니고 우체통 앞에서 뭘 얼쩡거리고 있는 거죠?"라고 볼멘소리를 하기도 하니까요. "좀 중요한 편지가 오기로 되어 있어서" 하고 대꾸는 하지만 강아지처럼이라니, 그 말은 좀 너무합니다. 내가 뭐 꼬리를 치고 있는 것도 아닌데.

그러다가 편지가 오지 않을 때는 그냥 들어가기에 모양이 사나우니까 근처를 한 바퀴 돌아 산책을 하다 오면 아내가 다시 수상쩍은 눈초리를 보내기도 하지요.

그런 설레이는 곡절을 거쳐 이렇게 반갑게 받아놓은 러브레터가 라면 상자에 가득합니다.

딸은 런던에 있는데 그 아이가 집에 왔을 때 나는, "내가 죽으면 이걸 모조리 너에게 줄게"라고 약속했습니다. 나로서는 기왕에 간테이라는 인간을 추모하려면 내 마음을 설레게 했던 러브레터의 산더미를 봐주는 것이 제일 좋겠다는 생각을 했을 뿐이었지요.

고약하게도 딸은 "필요없어요"라고 했지만, 제 어미와 한통속이니까 분명 "아버지가 이런 소릴 하더라"고 일러바쳤을 것입니다.

삼각측량이라는 게 있지요. 하나의 물건을 재려면 두 군데서 보는 게 좋다는 것인데, 인간도 마찬가지입니다. 여러 사람이 어떻게 보고 있는지, 그것이 객관적이라는 의미가 아니겠습니까?

아내는 수상한 눈으로 편지를 보고 있지만 특별히 불평을 하지는 않습니다. 아내는 아내대로 우월감에 빠질 만한 근거가 있습니다. 무엇보다 나는 러브레터의 답장을 쓰지 않습니다. 유일하게 쓴 거라고는 결혼하기 전에 아내로부터 받았을 때였지요. 아내의 여유만만한 태도도 이해가 갈 겁니다.

답장을 쓰지 않아도 전화를 하거나 만나러 가면 되니까 사실은 여유만만할 것도 없는데 말입니다.

고약한
말은 대화의
향신료입니다

행동도 고약하지만 말본새도 고약하다는 말을 들을 때가 있습니다. 말본새가 고약한 것은 내가 살아 있는 대화를 구사하기 때문이라고 생각합니다. 우선 빈말이나 비위를 맞추는 말은 하지 않습니다. 경직되어 있는 사람을 맛사지해준다는 생각으로 '자극적'인 말은 얼마든지 하지만.

사람은 모름지기 진지해야 한다고 생각하는 듯 심각한 얼굴로 술을 마시는 사람이 있었습니다. 입만 열면 세상과 정치, 회사에 대한 불만 등을 토해내는데, 그 사람에게는 모든 게 괘씸한 모양입니다. 지난번에도 이런 말을 했지요.

"삽을 들고 개를 산책시키고 있는 작자가 있는데, 그 녀석들은 대개 개똥을 치우고 다니는 척할 뿐이라구요. 괘씸해, 개주인도 괘씸하지만 개도 괘씸해. 어째서 개들은 알아서 화장실을 사용하지 않는 거지……" 점점 흥분하기 시작하길래 좀 풀어줄 생각으로 "괘씸하다는 건 '개'가 힘이 세다는 말인가요?" 하고 한마디 하자 그 친구가 글쎄 한참을 노려보더라구요.

나는 남녀노소를 불문하고 친구들과 늘 스케치 여행을 떠납니다. 알고 지내는 편집자가 "그럴 때는 다 같이 그림을 그립니까?" 하고 묻기에 "님도 보고 뽕도 따러 가는 거죠"라고 대답해 주었습니다. 이 또한 고약했던 모양입니다.

고인이 되신 여류작가의 여동생과 술을 마셨습니다. 그림을 받았기 때문에 뭔가 답례를 하고 싶다고 하기에 "그렇다면 언니께서 빌려간 우산이나 돌려주시오" 하고 대답했더니 어안이 벙벙한 얼굴로 아무 말도 하지 못하더군요. 그야 당연하지요. 우산을 빌려 주지도 않았으니까.

'괘씸하다'는 것은 이런 게 아닐까 생각합니다. 말하자면 시시한 대화에 향신료를 약간 뿌려주겠다는 생각 말이죠. 대개는 폭소를 터뜨립니다. 그래서 서로의 마음이 통하기 시작하지요. 그거면 되는 거 아닌가요?

생각해 보면 기껏해야 이 정도인 걸요. 이 정도 갖고 '불량 영감님'이 돼버리는 거니까 유쾌하기 그지 없습니다.

고비사막의 모래바람과 새하얀 유방의 추억

불교 수행에 들어가기 전에 몇몇 여성과 사귀던 일에 대해 잠시 써보겠습니다.

지금은 여자 친구만도 버스 한 대를 채울 정도지만 30대가 끝나갈 무렵까지는 수행에 힘쓰느라 여성은 너무도 멀고 먼 존재였습니다. 혼자서 고고함을 지키겠다는 기개로 가득 차 있었으니까요.

고고함을 지키던 중 어느 순간에, 부처님은 하늘이나 서방정토에 있는 게 아니라 자기 마음 속에 있다, 깨달음의 경지가 먼 곳에 있는 게 아니라 '지금, 여기'에 있다는 것을 알았습니다. 그때부터 인간과 이 세상이 좋아졌습니다.

그렇기 때문에 나는 여성을 좋아하기 이전에 '인간'을 좋아합니다. '노는 걸 밝히는 사람'과는 다르죠. 노는 사람에게 인간 따위는 아무 관심도 없습니다. 여성을 대할 때도 '성'에 관한 사항 외에는 흥미가 없습니다. 똑같은 물이라도 배수구로 나오는 그런 물과는 다르다는 것인데, 그렇다고 내 경우가 맑은 물이라는 말은 결코 아닙니다.

처음 여성을 의식한 것은 군대에 입대해 만주에서 복무하던 때였습니다.

주둔지는 하얼빈이었는데 항상 모래를 잔뜩 품은 바람이 고비사막에서 불어왔습니다. 그 바람으로 눈이 상하기 때문에 군인들은 모두 모래를 막아주는 안경을 쓰고 있었습니다. 그렇다고 늘상 안경을 쓰고 있을 수는 없는 노릇이었습니다. 자기도 모르게 안경을 벗곤 하는데, 그러면 어김없이 눈에 병이 나지요. 눈에 들어간 모래가 잘 제거되지 않아 매우 아프지만 빨개진 눈을 비비기만 할 뿐이지요.

어느 날은 외출했다가 역시 눈이 상했습니다. 도중에 열심히 눈을 문지르고 있는데 군속장교의 부인 한 명이 지나가다가 "왜 그래요?" 하며 걱정스러운 목소리로 물었습니다. 울고 있는 줄 알았던 모양입니다. 하기야 길가에서 울고 있어도 이상하지 않을 정도로 어린 나이였으니.

"눈에 모래가 들어가서요" 하자 "어머, 큰일났네. 내가 빼줄게요” 하며 근처의 2층 다방 같은 데로 데리고 갔습니다. 의자에 앉히더니 뭔가 부시럭거리고 있기에, 실눈을 떠보니 느닷없이 유방을 꺼내 들이대고 있던 겁니다. 가슴이 철렁했습니다.

그리고는 젖을 짜서 내 눈 속에 넣더니 혀로 눈동자를 핥듯이 문질러주었습니다. 덕분에 모래가 나와 개운해졌지만 혀라는 게 이런 데도 쓰이는 거구나 하는 걸 처음 알았습니다.

그 아주머니의 딸은 하얼빈 여학교를 졸업한 아주 예쁜 여성이었습니다. 눈 사건이 있은 후에 가끔 놀러가곤 했는데 딸이 하사관과 결혼해버리는 바람에 실망했었지요.

실망한 내 모습을 보고 있던, 아가씨의 어머니, 그러니까 내 눈의 모래를 빼준 아주머니가 “가엽게도…… 괜찮으면 우리 집에 자주 놀러 와요” 하고 위로해주었습니다. 그래서 그 뒤로도 종종 놀러가곤 했지요. 그녀는 떡을 주기도 하고 여러가지로 상냥하게 대해주었습니다. 제 자신이 남자임을 느낀 것은 그때가 처음이었습니다.

나는 전쟁이 끝나기 전에 제대를 했지만 모두 무사히 귀국할 수 있었는지는 알 수 없습니다. 그런 시대였습니다.

80명 이상의 여자가 있다고 하지만 모두가 계속해서 사귀고 있는 건 아닙니다. 그들에게 당한 적도 있습니다. 노는 걸 밝히는 사람은 여자들 중에도 있기 때문입니다.

항상 우리 집에서 물건을 가지고 나가는 여성이 있었습니다. 달라고 하면 거절하지 못하는 성격이라 그 여성에게는 상당히 많이 주었습니다. 그런데 우리집이 화재로 타버리자 연락이 끊겼습니다. 더 이상 얻을 게 없다는 계산을 한 거지요. 그러니까 내 입장에서 보자면 화재 한 번으로 여자 하나를 정리한 셈이었으니.

그 사람은 노는 여자였습니다. 노는 사람은 남자든 여자든 '인간'을 보고 있지 않다는 점에서는 같습니다.

불량 노인의 과분한 특권

처음 여성의 나체를 본 것은 18~19세 무렵, 그림 공부를 하기 위해 누드모델 앞에 섰을 때였습니다. 그때 나는 부끄러워서 고개도 들지 못했지요.

그로부터 수많은 나체를 보아왔지만 조각을 하면서부터는 '몸은 봐도 모르겠다'는 걸 깨달았습니다. 마음속에서 용솟음치는 것이 몸에 드러나 있습니다. 그것을 알려면 여성의 체온을 느끼는 것이 중요합니다.

여성의 외견만 바라봐 가지고는 알 수가 없습니다. 악수라도 좋으니까 만지고 체온을 느껴보는 것입니다. 손의 감촉에서 여러가지 아이디어를 얻을 수가 있습니다.

체온을 느끼고 싶다는 것은 만지고 싶다는 의미가 아닙니다. 체온을 느낌으로써 그 사람이 그때까지 겪어온 과정을 알 수 있습니다. 그것이 손에 전해져 오기 때문입니다.

이것은 조각을 하는 사람에게는 매우 중요한 일입니다. '불량 노친네'가 누리는 특권이기도 합니다만.

내가 신세를 지고 있는 절에서 알게 된 한 비구니가 있습니다. 옛날에 나고야의 유곽에 있다가 남자에게 손을 잘린 여성입니니다. 그녀는 붓을 입에 물고 글씨를 씁니다. 그런데 필체가 아주 좋습니다.

그 절의 선대 주지도 교통사고로 다리를 절단당했습니다. 다리를 잘리고 나니까 모든 게 잘 보이더라고 했습니다.

형태나 표면만으로는 아무 것도 보이지 않습니다. 마음 깊은 곳을 보지 않고 사물의 본질을 볼 수는 없습니다. 여성도 마찬가지입니다.

여성을 생김새나 나이만으로 이야기할 생각은 없습니다. 내가 좋아하는 사람은 남자든 여자든 기분 좋은 색기를 자아내고 있습니다. 기분 좋은 색기란 체온이기도 합니다. 따뜻하게 느껴지면 마음의 온도가 따뜻해지지요. 그것은 겉으로 꾸미는 재주에 의해 나오는 게 아닙니다. 겉이 예쁘다는 것과 내면이 예쁜 것은 전혀 다른 의미입니다.

선물이 중요한 건 멋지게 장식한 포장이 아니라 내용과 거기 담긴 마음 아닌가요? 내용이란 기분입니다. 기분이란 마음의 온도이므로 신문지에 싸서 줄 수는 없습니다. 그래서 포장을 하는 겁니다. 포장에 너무 신경을 쓰면 그 기분이 흐려지지요.

자연의 법칙에 거슬리지 않는 본 마음을 찾다 보면 좋은 색기가 우러납니다. 그런데 그 좋은 색기가, 화장이나 몸에 걸친 물건의 가격에만 신경을 쓰는 바람에 공연히 왜곡되는 겁니다. 그 좋은 것을 자기 돈 들여서 가리고 다니면 아깝지 않습니까?

외모가 다소 '풍화'되었다 해도 내용이 아름다운 여성이 참으로 예쁩니다. 그런 여성과 같이 있는 시간을 나는 아주 좋아합니다.

'여행'으로 인생의 때를 털어내고

4

안주하면 '생명'이 혼탁해집니다

여행을 떠난다는 것은 또 다른 자신과 만나는 일입니다. 마음까지 노화되고 싶지 않거든 여행을 떠나는 게 상책이지요.

늙어서 몸이 불편해졌을 때는 또 그 나름대로의 여행을 하면 됩니다. 자녀의 차를 얻어타고 적당한 공원이나 벌판에 내려 거기서 다시 자녀가 데리러 올 때까지 주위를 거닐기도 하고, 벤치에 앉아 있거나 아이들의 환성을 듣거나 하는 것도 '여행'이라면 여행입니다. 여행은 거리와는 관계가 없습니다.

나는 젊을 때부터 각지를 유랑한 탓인지 한 곳에 머물러 있기보다 나가서 돌아다니거나 여행하는 게 성미에 맞는 것 같습니다.

유랑이라는 말의 상대적인 표현은 '안주'일 것입니다. '안주할 땅'이라는 말이 있을 정도니까 안주는 행복의 한 형태이고 그래서 모두들 자기 집을 가지려고 합니다.

물론 나도 집이 있습니다. 중앙선 전철을 타고 구니다치 역에 내리면 대대로 뿌리를 내리고 사는 집이 있습니다.

한 곳에 계속 사는 것도 괜찮지만 때로는 고여 있는 것 같아 썩 좋아 보이지는 않습니다. 흐르는 물에 떨어진 나뭇잎은 거침없이 흘러갑니다. 하지만 고인 물에 들어간 잎은 언제까지고 한 군데서 뱅뱅 돕니다. 회사와 집만 왕복하다 보면 침전물이 쌓입니다.

살아가는 일이나 생활의 가치보다도 '집의 자산가치는 얼마 정도?' 따위에 신경을 쓰기 시작합니다. 집이나 땅이 살아가는 터전이라기보다는 자산이 되고 있는 거지요.

유감스런 이야기지만, 이웃에 장애자 시설과 노인보호 시설이 생긴다는 말만 듣고도 반대운동이 일어나기도 하지요. 진정한 '안주의 땅'이라면, 태어나서 죽을 때까지 안심하고 생활할 수 있는 환경이 조성되어 좋으련만 사람들은 반대를 하고 나섭니다. 그런 것이 들어서면 땅값이 떨어진다고 합니다. 이런 게 바로 탁한 침전물이지요.

우리 집은 25년 전에 모조리 불타버렸지만, 타버린 옛날 집이나 그 자리에 새로 지은 집이나 가족들 각자만의 공간이 주어지지 않은 구조입니다.

야마구치 씨도 '간테이 씨의 집은 단층이고 50평짜리죠. 하지만 들어가 있을 곳이 없는 집이지요'라고 썼습니다.

아마도 야마구치 씨는 이전에 타버린 집을 말하는 모양인데 지금 집도 비슷합니다. 내 작업실과 모자를 만들고 있는 아내의 작업실, 그리고 손님방, 부엌, 현관, 다다미를 깐 널찍한 복도가 대부분을 차지하고 있습니다. 손님방은 때로 내 작업장이 되고 숙취에 절은 몸을 뉘이는 방이 되기도 합니다. 장지문을 모조리 열면 백 명 정도가 들어갈 정도니까 연회를 하기에는 안성마춤이지요. 현관에는 신발을 백 켤레 정도 벗어놔도 충분할 정도입니다.

나도 그렇고 가족들도 자기 방이라는 게 없습니다. 이 점에 대해 가족들이나 나나 아무런 이견이 없습니다.

건축가에게는 설계철학이라는 게 있어서, 예를 들면 '가족의 화목한 분위기를 위해 넓은 거실이 필요하다' '아이의 자립을 위해서는 자기 방을 필요로 한다' 등의 생각에 근거를 두고 있습니다. 하지만 다시 생각해보면 거실이 없으면 가족이 화목할 수 없는 걸까? 개인 방이 없으면 아이가 자립을 할 수 없는 걸까? 그건 아닐 겁니다.

집을 어떻게 만드냐에 따라 가족이 친해지거나 소원해지거나 한다는 것은 아무리 생각해도 우스운 이야기입니다. 집이라는 건

비가 새지 않고 바람이 잘 통하면 족한 겁니다.

계속 눌러 산다고 하지만 휘익 사라졌다가 불쑥 돌아오려면 이처럼 바람이 잘 통하는 집이 더 좋지요.

불교에 '일소부주(一所不住)'라는 말이 있습니다. 한 곳에 눌러앉아 살지 않는다, 집착하지 않는다, 떠도는 여행이야말로 인생이다, 대충 그런 의미입니다.

회사원이라면 한 곳에 정착해서 회사에 다니지요. 있을 곳이 정해져 있으면 거기에 집착이 생깁니다. 방 안에 여러가지 물건이 넘치기 시작합니다. 그런 것을 많이 끌어안고 있으면 어떻게 될까요?

몸도 마음도 무거워집니다. 재산이나 소유물이 줄어드는 것을 걱정하는 등 마음까지 자유롭지 못하게 됩니다. 낯선 사람을 보았을 때 혹시 도둑이 아닐까 하고 생각한다면 얼마나 서글픈 일입니까?

같은 집에 살면서 같은 천장을 바라보고 한솥밥을 먹고 있으면 아무래도 그 생활에 집착하고 익숙해집니다.

'일소부주'를 지향하는 것은 살아 있음의 경험을 소중하게 하고 싶기 때문입니다. 안주하는 것으로 목표를 정해놓고 불만과 불쾌감만 늘려가며 살아서는 안 된다는 의미입니다.

하지만 현대인에게 '일소부주'는 역시 어려운 노릇입니다. 이따금 여행을 떠나는 것은 유랑의 '유사체험'이라고나 해야 할지도 모르겠습니다. 그렇게 해서라도 자신의 몸과 마음에 늘어붙은 앙금을 털어내는 것입니다. 그리하여 단 하나의 자신을 만나는 겁니다.

혼자 몸이 되면 누구나 순진무구해집니다. 모두가 그렇습니다. 판에 박힌 생활에 젖어 있느라 깨닫지 못하고 있을 뿐입니다.

화려한 여행이 아니어도 좋습니다. 화려한 옷을 차려입고 가는 여행 따위는 필요치 않습니다.

여행은 하루도 좋고 반나절도 좋습니다. 집을 나서는 것만으로도 '유랑'이 됩니다. 나는 집에 있을 때면 매일 저녁 거리로 어슬렁어슬렁 나옵니다. 동서남북 어디로든, 술집으로든 그날 바람이 부는 대로 공기가 이끄는 대로 돌아다닙니다. 이것만으로도 마음은 '여심(旅心)'이 됩니다.

재산과 직함은 '공중누각'에 불과합니다

안주를 생각하고 부주(不住)를 생각합니다. 결국 '공기'에 대해 생각하는 것입니다.

고여 있는 상태냐 아니냐 하는 것은 공기를 말하는 것입니다. 항상 똑같은 공기를 호흡하고 있으면 때로는 다른 공기를 마시고 싶어지는 법이지요.

일본인들이 해외여행을 할 때는 일본인끼리 몰려다닌다는 말을 종종 듣습니다. 파리에 갔던 일본 여행객들이 이틀째에는 일본 식당에 가서 '역시 일본 음식이 좋아' 하면서 매일 먹더라는 겁니다. 그러려면 뭐하러 파리까지 간답니까? 이래서는 안 됩니다. 이래서는 일본에 있을 때와 똑같은 공기를 호흡하는 거지요. 이래가지고야 '부주'도 아니고 '여행'조차 되지 않지요.

나는 어딜 가든 현지 사람으로 여겨집니다. 해외엘 가도 그 나라 사람인 줄 압니다. 타히티에 갔더니 그곳 주민으로 여기고 몽골에 가면 "어느 마을 노인이냐?"고 말을 걸어옵니다.

'풍모가 그러니까 그렇겠지'라고 한다면 그 말이 맞을지도 모릅니다. 그러나 그것만으로는 설명할 수 없는 뭔가가 있습니다. 나는 낯선 곳으로 여행을 가면 그 지역에 옛날부터 계속 살고 있었던 것 같은 기분이 되어버리기 때문입니다. 그곳 사람들과 같은 공기를 호흡하는 듯한 마음이 됩니다. 담을 없애고 상대의 마음으로 깊이 들어갈 수 있습니다.

'일소부주'에는 준비 같은 것이 필요치 않습니다. 주위에는 모르는 사람들뿐이니까 자기다움을 과장할 필요도 없지요. 젊은 시절에 여행을 할 때면 종종 시골 민가에 들어가 물을 달라고 했습니다. 갓 만든 두부를 대접받은 적도 있는데, 그런 일이 비교적 자연스러웠던 것은 내게 이치를 따져서 준비해 놓은 게 없었기 때문이라고 생각합니다. 어딜 가도 그곳이 전부인 것 같은 기분이 되어버립니다.

집에서 손님을 대접하겠다고 작정하고서도 어느새 손님을 먼 곳의 식당으로 데려가 버리기도 합니다.

우리 집에 손님이 오지 않는 날은 일 년 중 손으로 꼽을 정도입니다. 손님을 대접해야 하기 때문에 집에 술이 떨어지는 날도 없습니다. "수입도 없는데 용케 돈이 끊이질 않는군요" 하는 말을 들은 적도 있지만 이것은 내 형제들이 술꾼이라는 걸 모르는 사람이 하는 말입니다.

대개 적당한 시간이 되면 "나갑시다" 하고 말하지요. 하지만 이 말은 어깨에 힘을 빼고 싶어하는 사람에게만 합니다. 손님이 흔들리고 싶어한다는 걸 알면 나도 흔들거리고 싶기 때문이지요.

같이 나가서 어느 술집으로 들어갑니다. 분위기 좋은 술집을 알고 있기 때문에 편하게 죽칠 수가 있습니다.

이따금 구석 쪽에 앉아 뭔가 심각한 얼굴을 하고 있는 패거리 때문에 김이 새고 그 무거운 공기가 싫어질 때도 있습니다. 이래 가지고는 손님들을 제대로 대접할 수가 없지요.

그럴 때는 그 공기를 휘저어줍니다. 일단은 먼저 카운터에 앉아 있는 사람을 가볍게 놀려줍니다. 여성을 놀리면 더할 나위가 없지요.

"그거 성희롱 아닌가요?"

이런 소리도 듣지요. 그러면,

"아니, 내가 하면 말장난이라구."

이렇게 대꾸해 줍니다.

"온천에 갔다가 여자의 알몸을 봤지."

"어머, 징그러."

"카운터에 있었기 때문에 어쩔 수 없이 본 걸."(일본 온천은 카운터에서 여탕과 남탕의 내부를 모두 볼 수 있음-옮긴이)

그렇게 공기가 바뀌면 구석에서 어두운 얼굴로 모여 있는 패거리도 어딘가 잘못 들어온 듯한 기분이 됩니다.

어느 날 일인데 장소에 어울리지 않게 거드름을 피우는 사람이 있었습니다. 그 집 주인을 붙잡고 '어이!' 어쩌구 하면서 안하무인입니다. 마침 가끔 갖고 다니는 카메라가 있기에 들이댔더니 갑자기 시치미를 떼고 점잖은 얼굴이 되었습니다. "아하, 필름 넣는 걸 깜빡 잊었군, 하하." 그러자 잠깐 머뭇거리다가 자기도 웃어버리더군요.

그렇게 해서라도 불편한 공기를 부드럽게 만들려고 합니다. 그 공기를 호흡하고 일행이 편안하게 있을 수 있다면 나도 기분이 좋지요.

일소부주에 대한 이야기를 했었던가요? 여기서 '부주'는 몸뚱이 하나라야만 합니다. 항상 똑같은 공기를 호흡하고 있는 것도 불가능합니다.

재산을 갖는다든가 직함을 갖는 것, 그까짓것 가져봐야 어차피 사상누각이지요. 그뿐 아니라 '공중누각' 같은 것입니다. 지금과는 다른 공기를 호흡하려 하는 것이 즐거움 아닐까요?

바람이 부는 대로
흔들려보는 것도
좋습니다

집에 불이 난 다음날 나는 난생 처음 물건을 사러 나갔습니다. 칫솔을 사러 간 거지요. 그것도 네 식구의 칫솔을. 그때 기분을 뭐라고 하면 좋을까요.

'이건 별로 좋지 않아' 하고 생각했습니다. 이런 행동을 하고 있으면 내가 가정적이 되어버립니다. 가정적이라는 건 생각하는 방향이 안으로 기울어진다는 말이겠지요.

그런 말을 듣고 "남자가 가정을 지키는 게 당연하지" 하고 말하는 남자도 있을 겁니다.

그렇게 당연한 걸 새삼스럽게 말하려는 게 아닙니다. 남자가 가정을 지키는 건 당연하지요. 하지만 그걸 인생의 목적인 것처럼 생각해버리면 안 됩니다. 자연스럽게 그렇게 되어가는 것을 확인하듯이 살면 되는 겁니다.

자신과 가정만 생각하고 있다 보면 어느새 '우리 아이만 괜찮으면' 혹은 '우리 집만 괜찮으면' 하는 식이 되어버립니다.

지난번에 우연히 옆에 있던 사람과 이야기를 하다가 놀란 적이 있습니다. 그 사람은 도심지로 출퇴근하는 공무원이었는데, 항상 노숙자들을 보곤 했던 모양입니다.

"(자기는) 그렇게 되지 않아 다행입니다. 불황이라 정리해고 위험이 있다고는 하지만 조금만 있으면 정년퇴직이니까 그때까지는 그럭저럭 버틸 수 있을 테니."

이렇게 말하는 겁니다. 거기까지는 그래도 괜찮다고 할 수도 있었습니다. 어이없는 건 그 다음이었습니다.

"민간기업의 정리해고가 끝나면 다음에는 공무원 차례 아닙니까? 하지만 그때쯤이면 나야 정년이 될 테니까 어차피 그 대상이 아니죠. 연금도 받을 거고."

그러고는 흐뭇한 표정으로 이런 말까지 했습니다.

"그러니까 난 끄떡없어요."

벌린 입이 다물어지지 않았습니다. 이런 게 바로 자기만 괜찮으면 된다는 부류지요. 가정적이라는 말의 맹점을 캐다 보니까 여기까지 왔습니다.

'그러니까 난 끄떡없어'라고 했을 때 여기서 '끄떡없다'는 상황을 지탱해주는 건 다른 사람의 땀과 돈이겠지요. 그렇다면 그런 말을 기쁜 듯이 떠벌여서는 안 되는 거지요.

나는 젊었을 적에 구걸행각을 하며 다녀보았습니다. 그래서 그런 사람들의 시선을 누구보다 잘 알고 있고, 그들의 생활감각도 알고 있습니다. '난 끄떡없어' 하는 생각을 가진 사람은 척 보면 압니다. 그런 사람을 보면 나는 속으로 '아, 약아빠진 자식이 저기 또 지나가고 있군' 하지요.

자기만 괜찮으면 된다는 생각에서 한 발짝 떨어져 살기 때문에 작은 여행을 하는 겁니다.

정년이 되어 아무 것도 할 게 없다는 사람이 있는데 그냥 매일 밖으로 나가면 됩니다. 이틀 사흘이 아니라 한 달 두 달 계속 밖으로 나가보면 됩니다. 그렇게 하면 할 일을 찾을 수 있습니다. 틀림없습니다. 매일같이 작은 골목길을 빠져나가면 어느 날 문득 전혀 낯선 길을 지나가는 것 같은 생각이 들 것입니다.

어느 날 동네를 지나다 보니까 작은 헌책방 하나가 있더군요. 몇 년씩이나 살던 동네였는데 이런 게 있는 줄 몰랐구나 하고 느끼는 것만으로도 좋지 않습니까?

언젠가 야마구치 씨와 여행을 가서 "잠깐 밖에서 그림 좀 그리다 오겠네" 하고 나갔지요. 수묵화를 그릴 생각이었습니다. 그런데 깜빡 잊고 물을 안 가지고 나갔습니다.

그리고 예정된 시간에 돌아왔습니다. 야마구치 씨가 "물이 없어서 어떻게 했느냐?"며 이상하게 생각하더군요. 난 그날 산 꼭대기에 올라가 낮잠을 자다 왔던 겁니다. 전에도 그런 경우가 있었는데 그때는 산 위에서 걸판지게 술판을 벌이고 있는 사람들 틈에 끼어 얼굴이 빨개지도록 술을 마셨습니다.

또 어떤 날은 스케치하며 산속을 다니다가 붓을 잃어버렸습니다. 큰일났구나 싶었는데 문득 묘안이 떠올라 수염을 이용해서 그림을 그린 적도 있습니다. '명필은 붓을 가리지 않는다'는 말이 떠올라 혼자서 흐뭇했지요.

임기응변이랄까, 이런 게 바람 부는 대로라는 의미겠지요. 밖에 나가면 반드시 어딘가에서 바람이 불고 있을 테니 부는 바람에 몸을 맡겨 흔들려보는 것도 좋습니다. 분명히 무슨 일인가 일어날 것입니다.

여행은
자신을
만나기 위해

그림을 그리기 위한 여행도 많이 했습니다.

나더러 미(美)가 무어냐고 묻는다면, 흔들리며 움직이는 것이고 풍경의 미는 깊숙이 펼쳐지는 것이라고 대답하겠습니다.

풍경화로 말하면 풍경은, 눈앞에 조용히 펼쳐지는 경치가 아니라 흔들리며 움직이는 것입니다. 흔들리는 것은 생명이 번득이고 있기 때문입니다.

자연 속에는 무수한 생명이 있습니다. 불교에서는, '산천초목실유불성(山川草木悉有佛性)'이라고 합니다. 이 세상에 있는 것, 살아 있는 것은 모두 불성이 있다는 의미입니다. 산과 강, 풀과 나무에도 불성이 있습니다. 살아 있다는 의미입니다. 생명은 흔들림 그 자체입니다.

나는 그걸 확인하기 위해 풍경을 그립니다. '수묵화를 그리는 사람은 천 리를 걸어라'라는 말이 있습니다. 이것은 그만큼 걸으면 그림이 잘 된다는 이야기가 아닙니다. 그 정도로 걸어야 비로소 풍경의 동요를 깨닫는다는 의미입니다.

전에 스케치 여행을 할 때, 안개에 덮여 아무 것도 보이지 않는 곳에서 그림을 그리는 사람이 있었습니다. 모두 이상하게 생각했지만 나는 '저 사람은 천 리를 걸었군' 하고 생각했습니다. 풍경을 심안으로 보는 겁니다.

풍경이 흔들린다는 것은 그것을 보고 있는 자신의 마음이 흔들린다는 의미입니다. 자신이 흔들리기 위해서는 자신을 비우지 않고는 되지 않습니다. 눈으로 보고 마음으로 보아야 합니다. 이렇게 해서 불성을 마주하는 것입니다.

나는 틈만 나면 스케치 여행을 떠납니다. 오키나와에 가면 '우타키'라는 영험한 곳이 있습니다. 그래 봐야 이렇다 하게 눈에 띄는 커다란 건조물은 없습니다. 자연석 따위가 모셔져 있는데 그 안에서는 나무토막 하나라도 주워서는 안 됩니다. 다른 지역에서 온 사람이 그 공간에 들어가 함부로 사진을 찍거나 하는데, 그 지역 사람들이 보면 화를 내지요.

그들은 그곳에서 신(神)을 보고 있는 겁니다. 혹자는 신앙심이라고 하겠지만 그것은 각자 마음의 동요입니다. 자신의 마음이 흔들리기 때문에 보이지 않는 것이 보이는 거죠.

관광여행에서는 우선 그게 보이지 않습니다. 그래서 그 지역 사람들이 화를 내는 겁니다. 그곳에 가서는 그곳 사람들과 똑같은 공기를 마셔야 합니다. 이것이 내가 여행할 때의 마음가짐입니다. 시선을 그곳 사람들과 똑같이 해서 온몸을 '일소부주'로 느끼는 겁니다.

옛날 사람들은 모두 풍경 속에서 움직임을 느끼고, 불성을 느꼈을 것입니다. 지금 사람들은 그런 점에서는 한없이 둔감해져 있습니다. 느끼지 못한다는 것은 이 땅 위에 있는 공기의 두께를 알지 못한다는 것과 같습니다. 무수하게 많은 불성을 깨닫지 못하는 거죠.

예를 들어 50대 정도의 남성과 이야기를 하면 어김없이 '노후가 불안하다'고 말합니다.

"갚아야 할 대출이 남아 있고, 저축해놓은 것도 얼마 안 되고, 묘지 준비도 안 되어 있고. 묘지가 대충 얼마나 합니까? 아마 꽤 비싸겠죠?"

이래가지고는 마음의 불안이 언제까지고 가시지 않습니다.

온갖 존재에 불성을 느끼는 것은 자연에 감응하는 것입니다. 자신이 자연의 일부가 되어 흔들리는 것입니다.

그렇게 하면 '죽음'이라는 것도 평소에 생각했던 것과는 다르게 보입니다. 그걸 뭐라고 표현해야 할지 모르겠지만 나는 죽음을 고구마 꼬랑지처럼 서서히 가늘어지다가 마지막에는 가뭇없이 사라져버리는 것이라고 생각합니다. 죽음이 스르르 없어지는 것이라고 생각하는 건 그때까지의 생명, 즉 고구마의 가장 굵은 부분이 흔들리는 일입니다.

여행을 나서는 것은, 대출금 갚을 생각에서부터 묘비명을 뭘로 할지까지 걱정하는 답답한 일상으로부터 일단 벗어나는 일입니다. 나는 이따금 풍경을 그리면서 그걸 느끼곤 합니다. 그림도 어차피 동요를 느끼기 위한 수단에 지나지 않습니다. 아무리 그려본들 결국 진짜에는 미치지 못할 테니까.

여행도
인생도
가볍게

그림을 그리려면 차를 타거나 유리창을 통해 보는 것만으로는 소용이 없습니다. 그것만으로는 자연과 하나라는 느낌을 가질 수 없습니다.

어쩌다가 방 안에서 그릴 수밖에 없는 상황이 되면, 날씨가 춥든 덥든, 벌레가 들어오든 말든 창을 열어둡니다. 그리고 싶은 풍경을 제대로 마주하려면 이렇게 하는 수밖에 없습니다. 방 안과 바깥의 습도를 똑같이 하고 그 속에서 그리는 겁니다.

사진을 찍거나 시를 짓는 것도 마찬가지가 아닐까 합니다. 시는 머리로 짜내서 읊어내는 게 아닙니다. 책상 앞에서 끙끙거리면서 만드는 것도 아닐 것입니다.

어떤 이가 말하는 '사생(寫生)'이라는 것은, 자연이 스스로 말을 걸어올 때까지 자연을 바라보는 것이라고 합니다. 꽃이든 나무든 일단 가만히 바라봅니다. 그러나 아직은 시를 읊으려고 생각해서는 안 됩니다. 제대로 보지 않고 읊는 것은 머릿속에 있는 어휘를 의도적으로 끌어내는 데 불과합니다.

거리도 그렇게 걸어봅니다. 지갑 같은 건 갖고 나가지 않아도 되니까 무심하게 걷습니다. 걷는 운동은 온몸을 사용해야 합니다. 호흡을 하게 되면 신기하게도 바깥 세계의 것이 안으로 들어옵니다. 그리고 자신 안에 있었던 것을 내보냅니다. 자연스럽게 숨을 내쉬고, 가슴 속 깊게 숨을 들이마시는 반복적인 일, 이것을 '입아아입(入我我入)'이라고 하여 바깥세계와 하나가 되는 일입니다.

걷다가 보면 자신이 차츰 작아져서 하나의 점이 되어버립니다. 마을 안을 걷거나 산길을 걷고 있으면 자신이 풍경 가운데 하나의 점에 불과함을 알게 됩니다. 자신이 자연의 일부가 되어 있음을 깨닫는 것입니다.

이런 산책은 출발지와 목적지를 잇기 위한 걸음이 아닙니다. 걷고 있는 것 자체가 목적입니다.

내가 하는 여행은 명확한 계획이 있는 건 아닙니다. 마음 내키면 불쑥 떠나는 경우가 많습니다. 준비도 별로 하지 않지요. 며칠을 묵고 오는 여행이라도 짐은 아주 작게, 어깨에 매는 작은 가방 하나면 며칠이고 여행을 할 수 있습니다.

가방에 넣는 것은 수건과 옷가지 몇 개, 그리고 그림도구뿐입니다. 그밖에는 아무 것도 필요없습니다. 가볍게 떠나지 않으면 걸어다닐 수가 없습니다.

무거운 짐을 지고 언덕길을 오르는 것이 인생이라고 하지만 나는 싫습니다. 언덕길을 오르는 것은 좋지만 무거운 짐은 지고 싶지 않습니다. 산악부의 등산훈련도 아니기 때문에 짐은 가벼울수록 좋습니다. 젊은 시절에도 등산을 많이 했지만 짐은 가벼웠습니다. 식량은 나무열매를 따서 먹었고 마실 물은 도처에 있었습니다. 그렇게 해서 며칠이고 걸을 수 있었습니다.

요즘에 여행하는 사람들을 보면 커다란 가방을 덜그덕거리며 끌고 다닙니다. 그 준비물을 보고 일주일 정도의 여행인가 싶으면 고작 이틀밖에 되지 않더군요. "짐이 너무 많지 않은가?"라고 물으면 "도중에 기차나 버스를 타니까 괜찮아요" 합니다. 하지만 그래가지고는 준비가 너무 거창합니다.

모든 걸 꾸려넣는 게 준비가 아닙니다. 정말 필요한 것만 꾸리는 것이 '준비'입니다.

내가 하는 여행 준비는 주위 사람들이 어이없어할 정도로 빠릅니다. 언젠가 야마구치 씨와 규슈에 가기로 했을 때였는데, 떠나는 날 아침 일찍 야마구치 씨가 데리러 와주었습니다. 그때 나는 전날 마신 술이 깨질 않은 상태였고 게다가 여행 준비는 하나도 안 해놓은 채 이불 속에 누워 있다가 벌떡 일어나 15분만에 현관을 나섰습니다. 이러는 나를 보고 야마구치 씨는 놀란 입을 다물지 못했습니다.

여행에 숙달되면 꼭 필요한 짐만 갖고 떠날 수가 있습니다. 처음부터 준비물이 없으면 여행 중에 이것저것 궁리도 할 수 있습니다. 수건이 하나 있으면 흙탕물도 걸러 마실 수 있고 붕대 대신으로도 씁니다.

뭐 흙탕물을 걸러 마시는 것까지 요즘 사람들에게 권할 수는 없겠지만, 없으면 없는 대로 뭔가 궁리를 해서 살아가는 지혜도 생기는 거지요.

그것은 일상생활도 마찬가지일 것입니다. 살아가는 데 필요한 준비물도 가볍게 갖추는 게 좋습니다. 도구가 갖추어져 있어야만 맛있는 요리를 할 수 있다는 생각을 하기보다 냄비 하나로 무엇을 할 수 있을까를 생각하는 게 재미있습니다. 가능한 것부터 신경을 써보면 의외로 지혜가 솟아나고 편해질 수 있습니다.

인간은 편리한 생활에도 익숙해지지만 다소 불편한 생활에도 익숙해집니다. 없으면 없는 대로 웃어 넘기면 되는 겁니다. 이런 것이 가능한 것도 '일소부주'를 마음에 두고 있기 때문이라고 생각합니다.

'나팔'은 불지만 '나발'은 불지 않습니다

젊은 시절 다마(多摩)에서 산을 타고 신슈로 가기도 했습니다. 산으로 걸으면 평지보다 더 힘들 것 같지만 풍경이 아름다운 탓인지 걷는 일이 고생스럽지 않습니다.

신주쿠에서 술을 마시고 어두운 밤길을 30킬로미터 이상 걸어 구니다치까지 돌아온 적도 여러 번입니다.

전철이 고장 나서 통근객의 발길이 묶일 때가 있습니다. 그럴 때 나는 주저없이 걷기 시작합니다. 다음 역까지 걸어와서도 전철이 멈추어 있으면 다시 걷습니다. 대개는 도중에 술집을 잠깐씩 들르게 되니까 두세 역을 지나는 동안에 전철은 다시 움직이기 시작합니다.

구니다치에 사는 어떤 여성과, 중앙선을 타고 두 역을 지나 경치 좋은 곳에서 만나 같이 술을 마시기로 했습니다. 그 여성은 두 시간이나 늦게 왔습니다. 전철이 멈추어버렸다고 합니다. 걸으면 30분 정도밖에 걸리지 않는 거리였는데 걸어서 올 생각을 하지 못했다고 합니다.

다리는 걷기 위해 있는 것입니다. 몸과 마음을 옮겨가기 위해서 있는 겁니다. 걸으면서 다양한 사건이나 사람을 만나고 경험을 축적하여 인생에 대해 조금씩 깨닫게 됩니다. 인생의 시작은 걷는 데 있다고 해도 과언이 아닐 정도입니다.

요즘 사람들은 '오늘은 기운이 없어서 걸을 수가 없다'고 합니다. 이거야말로 완전히 잘못된 생각이지요. 걷다 보면 저절로 기운이 생기는 겁니다.

기운은 '기'문제만이 아닙니다. 몸과 기가 하나가 되어 나오는 것이기 때문입니다. 책상 앞에만 앉아 있으면 기운이 날 까닭이 없습니다. 다리로 걸어야 하는 겁니다.

두뇌가 명석하면 건강한 거라고 잘못 생각하는 사람도 많은데 그 머리를 지탱하는 게 바로 두 다리입니다. 다리가 약해지면 기운도 약해집니다.

덩치는 큰데 다리가 약한 한 남자를 자주 만납니다. 같이 여행을 하면 그는 언덕길을 헉헉대며 올라옵니다. 그래서 내가 한마디

해주었지요. "엔진은 경자동차이면서 체격은 덤프트럭이니까 언덕길을 오르는 데 무리가 되는 거라구. 어째서 자기가 경자동차라는 것도 모르는가" 하고 말입니다. 그랬더니 정색을 하고 "가슴 깊이 명심해 두겠습니다"라고 했지만 가슴에만 명심해가지고는 소용이 없지요. 뼛속 깊이 새겨들어야지요. 허리와 다리가 약해져 버렸는데 포식으로 간장만 비대해지고 있어서야 되겠습니까?

친구인 노무라 씨의 만담을 보러 갔을 때 일입니다. 내가 밖을 걷고 있는 모습을 다른 친구 부부가 찻집 안에서 보고 있었는데 그 찻집 유리창이 위로 반은 투명하고 아래로 반은 흐릿한 반투명이었습니다. 마침 내 머리가 딱 그 중간쯤에 있었습니다.

친구 말로는 나의 머리가 위아래로 전혀 움직이지 않고 스르륵 지나갔다고 합니다. 마치 기차가 레일 위를 미끌어지는 듯했다고, 달이 떠서 위로 올라가는가 싶었더니 그대로 옆으로 지나간 것 같더라고. 나중에 노무라 씨가 그 말을 듣고 "다음에 하는 만담에서 그런 걸음걸이를 흉내내고 싶은데"라며 활짝 웃었습니다.

요즘 사람들은 걷는 데 서툴기 짝이 없어요. 몸을 뒤로 홱 젖히고 걷는가 하면 어깨를 잔뜩 웅크리고 오종오종 걷지요.

옛날 무예를 닦은 사람들은 참으로 보기 좋은 걸음걸이를 갖고 있었습니다. 무사라는 사람들은 잔뜩 거드름을 피우며 몸을 뒤로

젖히고 걸을 거라 생각하는 사람이 있을지 모르지만 사실은 그렇지 않습니다. 미야모토 무사시를 다룬 소설에서도 볼 수 있듯이 무사들은 당당하면서도 무릎에 리듬을 갖고 약간 앞으로 구부려 걸었습니다. 소설에서는 눈으로 보기라도 한 듯이 묘사하고 있는데 사실 많은 무사 집안 사람들을 직접 보아도 그런 걸음걸이를 합니다. 이 걸음걸이가 가장 합리적이죠. 유사시에는 즉각 대응할 수가 있습니다.

그것은 결국 중심을 제대로 갖추고 있다는 의미입니다. 산을 그릴 때도 대개는 중심이 위로 가거나 아래로 가거나 해서 그 흔적을 선으로 그리면 삐죽삐죽한 산과 계곡이 점점 오른쪽 어깨 쪽으로 흐르는 듯한 느낌이 됩니다. 이러면 금방 지칩니다. 문방구에서 볼펜을 살 때 시험 삼아 동그라미를 몇 개 무심하게 그려보듯이, 그런 요령으로 그리는 게 좋습니다. 중심을 부드럽게 옮기면서 매끄러운 원을 그리듯이 그리는 겁니다. 거리를 걸을 때는 중심을 옆으로 스르르 이동하듯이 걷습니다.

중심을 잡으면서 동시에 호흡을 정리하는 것도 중요합니다. 나는 그렇게 걷기 때문에 아무리 많이 걸어도 힘이 들지 않습니다.

수도승들은 산속에서 안개에 갇혀버리면 소라고둥으로 나팔 소리를 냅니다. '부우웅' 하고 말이죠. 호흡법을 제대로 터득하고 있는 수도승이 소라고둥을 불면 주변의 안개가 스르르 걷힙니다. 금방 다시 몰려들기 때문에 또 붑니다. 그렇게 하면 증폭이 되어 더욱 멀리까지 안개가 걷힌다고 합니다. 이것을 '안개 물리기' 기술이라고 합니다.

　소라고둥을 불어 안개나 구름을 헤치고 걷는 것, 이건 사실입니다. 나도 소라고둥으로 나팔은 불지만 결코 병나발을 부는 허풍을 부리지는 않습니다.

사람 냄새가 나는
여인숙을
좋아합니다

여행을 할 때 나는 여인숙에 묵는 걸 좋아합니다. 고급 호텔이나 고급 여관은 사람이 보이지 않는 점을 장점으로 치고 있습니다. 그런 호텔이나 여관은 특별한 일이 있을 때 외에는 종업원이 어디에 있는지, 기척조차 없습니다.

작은 숙박업소나 여인숙에서는 일하고 있는 사람들이 항상 눈앞에서 오가고, 그들과는 손님과 종업원 관계를 넘어선 인간적인 대화를 할 수 있습니다. 사람 냄새가 나는 거지요.

그런 숙소가 지저분하다는 사람도 있는데, 물론 아주 깔끔하지 않은 경우도 있고 욕실에는 앞 손님이 남기고 간 흔적이 있기도 합니다. 하지만 이건 숙박업소 주인의 탓만은 아닙니다. 손님이 나쁜 거지요. 휴식을 취하고 나갈 때는 자기가 더럽힌 흔적 정도는 깨끗이 하고 떠나면 좋건만, 그런 예의가 없는 사람이 종종 있습니다.

나는 여인숙에서 수도 없이 잤습니다. 방이 없어서 이불을 넣어두는 창고에서 잔 적도 있습니다. 그런데 어떤 방에 들어갔다가 느낌이 이상해서 "이 방에서 귀기가 도는군"이라고 말했더니 주인이 고개를 끄덕였습니다. 자살한 사람이 있었던 모양입니다. 그날 밤에 역시 그 방에서 으스스한 소리가 났습니다. 머리맡에 있는 책상 모퉁이에서 '슈욱 슈욱' 하는 느낌이 들자 얼른 일어나 그 느낌을 스케치했습니다. 지금도 그 스케치를 갖고 있습니다.

장기 투숙을 하고 있으면 기둥 하나 벽 하나에도 역사를 느낄 때가 있습니다. 자신이 옛날부터 쭉 거기 있었던 듯한 기분이 되어 여인숙 공기 속으로 완전히 녹아드는 겁니다. 이럴 때는 편안하게 그림을 그릴 수 있습니다.

남에게 권할 생각은 털끝만큼도 없지만 몇 번, 몇 십 번에 한 번 정도 그런 여인숙에 묵어보면 어떻겠습니까? 그곳에서 미소 지었을 사람들의 얼굴과 냄새에 감싸이는 것도 색다른 경험임에 틀림없습니다.

요즘은 여인숙에서 팁을 주는 사람이 적어졌습니다. 나는 주머니에 여유가 있으면 돈으로 주고 대개는 그림으로 줍니다. 아침

일찍 일어나 신세를 진 여인숙 주인의 얼굴을 생각하면서 작은 그림을 그립니다.

언젠가는 아침식사 때 나를 돌봐주던 여 종업원에게 그림을 주었습니다. 여인숙을 나올 때 그 집 주인과 종업원이 나란히 서서 배웅해주었습니다. 종업원에게만 살짝 전해주었는데 주인이 "그림 감사합니다" 하고 인사를 했습니다. 뭐야, 다 알고 있잖아, 그럴 줄 알았으면 하나씩 그려줄걸. 방으로 돌아가 다시 그릴까도 생각했지만 그만두었습니다.

팁은 받는 사람의 기분이 좋아지니까 지갑 님과 잘 상의해서 주면 됩니다. 물론 액수가 지나치면 안 됩니다. 자신이 납득할 수 있는 액수면 됩니다.

나는 노천온천도 좋아합니다. 그런데 탕에는 남자밖에 없는데도 젊은 사람일수록 열심히 앞을 가리려고 듭니다. 기왕에 옷을 다 벗었는데 굳이 가리려고 하는 모양을 보면 웃음이 납니다.

"보물이라도 감췄수? 보물 같으면 카운터에 보관하고 들어오시오."

웃음을 참다가 '불량 영감'답게 이렇게 한마디를 해줍니다.

온천이라는 건 참 신기한 데지요. 오랫동안 수도 없이 들락거리면서도 요즘에야 그런 게 눈에 들어옵니다. 지열로 주위의 수목이 다른 곳과는 사뭇 다르지요. 따라서 경치도 매우 다릅니다.

인간의 몸은 털이 난 부분과 그렇지 않은 곳이 있지요. 체온이 높은 곳에 털이 나는 건지, 소중한 부분이라서 나 있는 건지. 어쨌거나 뭔가 다른 이유가 있을 것입니다.

온천 근처의 지표면을 피부라고 생각하면 체온이 높은 곳입니다. 그래서 그 주변에만 수목이 다르게 납니다.

벌거숭이가 되어 탕에 몸을 담그고 하늘을 올려다보고 있으면 지구의 깊숙한 곳과 연결되어 있음을 강하게 느낍니다. 산속에서 벌거벗고 있는 거니까 인간의 '본질'로 돌아가는 듯한 기분이 듭니다.

그런 곳은 여성의 벗은 몸을 엿보려는 고약한 마음이 아니라, 생명이 벌어진 틈을 메꾸는 듯한 기분으로 가는 것이 좋지 않을까 합니다. 생명을 고양시키기 위해서 말입니다.

그리스의 붉은 개를 보고 감동한 사람

여행을 하노라면 곳곳에서 만나는 나무 한 그루조차 귀하게 느껴지는 때가 있습니다.

한 번도 해외 여행을 해본 적이 없었던 사람이 50세가 지나 처음으로 그리스로 해외 여행을 떠났습니다. 그리스에 가보는 것이 오래 전부터 꿈이었기 때문에 감동의 연속이었습니다. 귀국하여 여행 이야기를 했습니다.

"뭐가 놀라웠느냐 하면, 여기저기 신전 주변에 있는 주인 없는 개가 일본에서도 흔히 보던 붉은 개더라구. 하지만 '이 개는 그리스 개고, 전에 줄곧 보던 건 일본 개야' 하는 생각만으로도 감동이 되더라구. 길가에 피어 있는 꽃도 마찬가지로, 이 꽃은 줄곧 그리스에서 피어나는 꽃이지. 고대 그리스 시절부터 여기서 줄곧 피고

지던 그 꽃이야, 그런 생각만으로도 감동이 되더란 말이지."

그런 감동에 젖어 있는 가운데 주위에는 신경을 쓰지 못했습니다. 그리스까지 가서 파르테논 신전과 에게 해의 푸르름을 보고 감동하는 게 아니라 어찌 보면 하잘것없는 그런 것에만 감동을 하고 돌아왔다는군요.

하지만 나는 그 마음을 이해할 수 있습니다. 눈길을 끌지도 않는 나무 한 그루를 보고도 '용케도 여기서 이렇게 오래 살아왔구나' 하고 마음이 움직이는 경우가 있기 때문입니다.

요즘 여행은 기차와 버스를 타고 관광지에서 관광지로 빠르게 돌아다니는 여행이 주류를 이루고 있습니다. 국내 여행에서도 명승지 한 군데에 도착하면 우르르 몰려가 사진 한 장 찰칵 찍고 자, 다음 행선지…… 이런 식이지요.

가이드가 판에 박힌 듯한 설명으로 "이건 수령이 몇 백 년에 이르는 나무인데 둘레는 몇 미터이고 크기는 어떻고, 무슨 전설이 있고……"라고 설명을 해줍니다. 그러나 이렇게라도 해주면 그나마 다행입니다. 그렇지 않으면 경내에 몇 백 년이나 묵은 수목이 있다는 것도 모르고 눈길조차 돌리지 않습니다.

마음을 움직이기 위해서는 꼭 명소일 필요는 없습니다. 뭐든지 보는 시선 하나로도 마음은 움직여주는 것입니다.

'신토불이'라는 말이 있습니다. 인간의 몸과 그 땅에서 얻어지는 먹거리는 하나라는 의미인데, 이것은 먹거리 이외에도 해당되는 말입니다. 집의 모양새나 농사법도 그 땅, 그 풍토에서만 통용되는 것이 있습니다.

예를 들어 내가 사는 구니다치에서는 집 서쪽으로 후지산이 보입니다. 예로부터 이 방향을 '후지 남쪽'이라 불러 그쪽을 튼튼하게 만드는 것이 토박이 목수들의 법칙이었습니다. 그쪽으로 강한 바람이 불어온다는 것을 토박이들은 경험으로 알고 있었던 겁니다. 어느 땅이든 그곳에 사는 목공들이 그런 연구를 했기 때문에 각각의 지방에 따라 집을 짓는 방법이 달랐습니다. '신토불이'라는 말이 그대로 드러난다고 해야 할 것입니다.

그러나 요즘 건축한다는 사람들은 그런 걸 알지 못합니다. 길을 따라 나란히 사각형으로만 만들면 되는 줄 압니다. '후지 남쪽'을 튼튼하게 하라고 해도 그게 무슨 의미인지를 알지 못합니다. 그러고는 전국적으로 동일한 규격의 집을 거침없이 짓습니다.

얼마 전에도 군마현 쪽에 갔다가 오래된 절의 지붕 위에는 하나같이 '망새'라고 하여 용마루 위에 동물 모양을 올려놓은 것을 보았습니다. 모두 돌로 만들어져 있었습니다. 그것으로 전체의 중심을 낮추어 균형을 맞추었던 것입니다. 재미있다는 생각이 들었습니다.

주의깊게 살펴보면 누구나 하나둘쯤 발견할 수 있는 것입니다. 그런 것을 발견하는 것이 재미있기 때문에 '군마현에 가서 지붕만 보고 왔다'는 야유를 듣기도 했습니다.

그런 모습을 발견하는 것이 마음을 설레게 하는 것이고 마음이 설레기 때문에 만날 수 있는 것입니다.

'깨달은 척'하면
못 씁니다

시고쿠의 독특한 순례여행이 있습니다. 모두 제각각의 생각을 가진 사람들이 걸어서 88개 순례지를 돌아봅니다. 여러 사람이 같이 걸어보면 제각기 생각을 깊이 하고 있다는 걸 깨닫습니다.

자기 생각은 자기 발로 걸어보지 않고는 찾아내지 못할 것입니다. 88개 순례지를 돌아보고 왔다고 누구나 깨달음이 열리는 건 아닙니다. 하지만 마음은 개운할 것입니다. 자기 발로 걸었기 때문입니다.

인생이란 많이 아는 척을 하기보다는 다른 사람에게 묻는 게 유익합니다.

하지만 더 유익한 것은 자기 발로 다니며 묻는 것입니다. 자신의 다양한 궁금증을 해결할 수 있는 건 결국 자신밖에 없기 때문입니다. 뭔가 깨달음을 얻은 척해봐야 대답은 나오지 않습니다. 자기 발로 걸어다녀도 대답을 얻지 못할지 모릅니다. 그러나 대답을 얻지는 못하더라도 뭔가 느끼는 게 있을 것입니다. 뭔가 새로운 것이 탄생할지도 모릅니다. 진정으로 중요한 것은 살아 있다는 것 자체를 재미있게 여길 수 있는지 여부입니다.

자신에 대해 알지 못하니 다른 사람에 대해서는 더더욱 이해하지 못합니다. 하지만 시고쿠의 순례자들을 보면 '이 사람도 진지하게 순례를 하고 있구나' 하는 걸 깨닫습니다. 나는 그런 식으로 사람을 보고 싶습니다.

인생 자체가 그런 여행입니다.

그렇기 때문에 지금 우리가 살고 있는 것은 모두가 순례여행의 길 위에 있다는 것입니다. 종착지가 어딘지, 거기 이르렀을 때 자신이 어떻게 되어 있을지 따위는 아무도 알 수 없습니다.

도통한 척해서는 안 됩니다. 아는 척 시치미를 떼는 것은 가보지도 않은 먼 나라에 대해 가이드북 같은 걸 읽고 마치 갔다온 사람처럼 구는 것과 똑같습니다. '인생이 그런 거지'라든가 '남자란 이런 거야' 하고 말합니다. 피상적으로만 대충 알고 나서 그런 소리를 하다 보면 스스로 차츰 그렇다고 믿게 됩니다. 스스로의 눈가림으로 스스로를 속이는 결과가 되는 겁니다.

깨달은 척하는 것은 누구나 간단히 할 수 있습니다. 젊을 때 같으면 세상을 삐딱하게 바라보는 것도 멋지게 여겨질지 모릅니다. 그러나 그런 식으로 나이를 먹으면 현인이라도 된 듯한 생각에 빠집니다. 그래서 누구나 그렇게 살고 싶어합니다. 이게 탈입니다.

그런 식으로 살면 사는 게 시시해지고 맙니다. 모르기 때문에 재미있습니다. 자신에 대해서, 인생, 남자나 여자에 대해서도 말입니다. 우리가 아는 건 누구나 다 결국은 죽는다는 사실뿐입니다. 하지만 그것만이라도 알면 다행입니다. 그것조차 모르는 무리도 있으니.

인생의 재미나 죽음의 모습 같은 것은, 80이 넘은 나도 잘 모릅니다. 모르기 때문에 열심히 알려고 하며 설레임으로 흔들리고 있습니다.

'일을 할 만큼 했으니까 이제는 언제 죽어도 좋아' 이런 각오를 가지면 훌륭합니다. 하지만 대개는 입으로만 그러지 실제로는 죽음이나 종착역의 조짐이 나타난 것만으로도 당황하지요.

누구나 알고 있는 죽음조차 그렇게 간단히 받아들이지 못하는 게 사람입니다. 하물며 인생이야 말해 무엇하겠습니까? 그게 바로 '인생이라는 여행'의 맛이라고 생각합니다.

인생, 타성이 생기면
끝장입니다

5

이 몸은
여전히 성장하는
중입니다

여러 이야기를 써봤지만 결국 나는 아직 '미완성'이고 '성장 중'이라는 생각이 듭니다.

성장이 진행 중이기 때문에 부드럽게 살고 있습니다. 머리가 딱딱해져버리면 성장은 불가능하니까요.

모든 걸 깨달은 게 아니기 때문에 인생은 이런 거야 하고 생각하지 않습니다. '세상의 쓴맛 단맛을 다 알았으니 노후는 유유자적' 해야겠다는 생각도 해본 적이 없습니다.

진리를 찾아 목말라하던 젊은 시절의 외골수도 지금은 조금 달라져 있지만 그건 그것대로 좋은 경험이었다고 생각합니다.

'불량 노인'이라도 상관없지만 지금 심경을 표현하자면, 조각가이며 시인인 고타로 씨의 이런 노래가 좋습니다.

바다를 보고 태곳적 백성의 놀라움을

나 다시 저 하늘 고향으로

고타로 씨도 태고의 세계에 큰 동경을 갖고 있었습니다. 태곳적 사람들이 바다를 보고 놀랐듯이 깨질 듯한 놀라움으로 살고 싶다는 의미일 것입니다.

현대인도 어릴 때라면 이런 마음이었던 적이 있습니다. 하지만 어른이 되면서 모두 잊어버립니다. 파도가 모래밭으로 밀려오고 밀려가는 것을 당연하다고 생각할 뿐입니다. 나는 난생 처음 해변에 선 어린아이와 같은 마음을 잊지 않으려고 합니다.

그 마음이 있는 한 90살이 되어도 백 살이 되어도 여전히 성장하는 과정으로 살 것입니다. 마음과 나이는 아무 관련이 없습니다. 사람은 '여기가 인생의 정상이야' 이렇게 생각했을 때부터 성장이 멈추어버립니다. 이 '성장'은 마음의 성장이라는 의미입니다.

성공을 이룩하고 자녀도 무사히 자라주었습니다. 무사히 노년을 맞이했고 경제적 불안도 없습니다. 그러니 이제부터 유유자적하며 지내겠다는 것은 마라톤 선수가 완주를 끝내고 오늘 밤은 뜨거운 물에 목욕을 하면서 맥주라도 마시겠다는 그런 거겠지요. 그것이 앞으로 매일 죽을 때까지 계속되는 겁니다.

나는 그곳을 종점으로 삼고 싶지가 않습니다. 커다란 만족은 커다란 정체이기도 합니다.

'허'를 감추면 '실'이 줄어듭니다

　타성에 젖어버리면 오늘 아침에 무엇을 먹었는지, 어제 저녁 반찬이 무엇이었는지 그런 것조차 신경을 쓰지 않게 됩니다.

　나는, 먹거리는 생명과의 만남이라고 생각하기 때문에 먹는 행위에도 열심히 몰두하려 합니다. 어제도 오늘 아침도 똑같은 밥을 먹지만 그것을 똑같은 것으로 생각하고 싶지 않습니다. 밥 한 공기를 남기지 않고 먹는데 그것이 무리일 때는 처음부터 손을 대지 않습니다.

　생활하다 보면 타성에 젖게 만드는 압도적인 힘이 있습니다. 그 힘 앞에 굴복해버리긴 하지만 그래도 이따금 눈이 번쩍 뜨이는 생명의 번득임을 볼 때가 있습니다.

　얼마 전에 노래방이 있는 술집에 갔더니 여주인이 나를 위해 노래를 한 곡 불러주었습니다. 새빨간 립스틱이 묻어나지 않을까 싶을 정도로 마이크를 삼키듯이 하면서 말입니다.

노래를 잘하는지 못하는지는 나도 잘 모릅니다. 그러나 그 여주인은 자신의 노래에 도취해버리는 것이었습니다. 완전히 황홀경이었지요.

그걸 보고 있자니 '아아, 역시 사람은 동물이구나' 하는 생각이 들었습니다.

내 눈에는 그 모습이 마치 야생 사슴이 나무껍질을 핥고 있는 것처럼, 토끼가 무심하게 풀을 뜯고 있는 것처럼 보였습니다.

험담을 하는 게 아닙니다. 인간은 무언가에 열중해 있을 때는 누구나 동물이었던 때의 표정이 나오는 겁니다. 그걸 모두가 감추려고 하지요. 마치 감추는 것이 인간다움의 표현인 것처럼 생각합니다. 그게 일상입니다.

도대체가 무엇을 그렇게 감추고 싶을까? 어차피 모든 게 '허(虛)'입니다. 하지만 인간은 옷을 차려입거나 화장을 하거나, 자기 편의에 따라 말을 하거나, 거짓말을 하기도 하지요. 그렇게 하지 않으면 살아갈 수 없게 되었습니다.

그래서는 안 된다고 말하려는 게 아닙니다. '허'라는 걸 알고 있기만 해도 다행이라는 생각입니다.

'허'인지 '실(實)'인지 알지 못하면 어느새 '허'가 옷을 입고 화장을 하고 멋대로 돌아다니게 됩니다. 이건 진짜가 아니죠.

그 증거로 '실'이 야위어 갑니다. '실'이란 생명력입니다.

사실 생명 자체는 아름답고 웅장하지만 아무도 그걸 깨닫지 못하게 되어버렸습니다. 나를 위해 노래를 불러준 여주인도 평소에는 '실'이 야위어 있었습니다. 그래서 자기 노래에 도취했을 때 생명 자체가 살짝 엿보인 듯 눈이 번득인 겁니다.

요즘 같은 시대에 항상 '실'만으로 살기는 힘들 것입니다. 그 점은 여주인이나 나나 똑같습니다. 그렇기 때문에 바로 '실'을 살찌우고 싶습니다. 80살이 지나 '아직도 성장하고 있습니다'라고 하는 것은 그런 의미입니다.

왜 여성과 사귀는가를 구구절절이 적어보았지만 여성을 소재로 하면서 인간과 인간에 대해 써보고 싶었습니다.

가족과 친구, 친지와 상대할 때도 '실'을 살찌우는 삶을 살고 싶습니다. 그걸 말로 표현하면, 거짓말을 하지 말라든가, 거드름을 피우지 말라든가, 자만심에 빠져 으쓱거리지 말라든가, 책임을 지는 용기를 가지라든가 하는 그런 겁니다.

세상살이의 얕은 지혜는 사회 안에서 열심히 헤엄치는 중에 터득하는 것이지요. 그런 것을 60대, 70대가 되어서도 갖고 싶다는 사람은 없을 것입니다.

하지만 나이가 들어도 젊은 시절 터득한 '허'를 의식적으로 없애려고 하지 않으면 없어지지 않습니다. 그것을 없애는 것이 성장이지요.

엘리트였거나 선생, 혹은 사장이라고 불리던 사람은 거만하게 사람을 깔보는 시선을 떨치기가 힘들지요. 사람을 깔보면서 살아가기보다는 노래방에 가서 열심히 노래를 불러 동물 같은 표정을 보이는 게 더 소중한 거 아닌가요? 나이를 먹고 번쩍이는 것은 그 사람의 과거가 아니라 그 사람 자체입니다.

나에게는 많은 친구와 친지가 있습니다. 그 중에는 '허'가 걱정되는 사람도 있습니다. 하지만 그런 사람도 나를 만날 때는 '실'을 더 보이려고 합니다. '실'을 살찌우려는 마음이 없으면 친구가 될 수 없습니다.

친구와는 자주 웃고 많은 이야기를 합니다. 진지한 이야기보다 농담을 주고받는 일이 더 많지요. 웃음은 생명력의 또 다른 표현입니다. '실'이 그대로 나타난 것이니까요.

웃는 얼굴이 좋은 사람만 사귑시다

즐거운 일이 있으면 웃음이 나오지만 웃으면 좋은 일이 생기기도 합니다. 이것은 과학적 근거가 있다고 합니다.

웃음에 대해 자유로워질 수 있는 경지에 오르려는 노력이 바로 성장이 아닌가 싶습니다. 인생의 완성이란, 항상 조용히 웃고 지낼 수 있는 경지입니다.

마음이 진실로 감동받을 때 조용한 웃음이 번져나오지 않습니까? '기'가 동하면 웃음이 솟아나는 겁니다.

인간은 '기'를 움직이기 위해 웃는 얼굴을 터득한 게 아닐까 하는 생각조차 들 때가 있습니다. 화난 표정보다는 웃는 얼굴이 훨씬 깊이가 있습니다. 이를 드러내고 화를 내는 얼굴은 개나 인간이나 별로 다를 게 없습니다.

하지만 웃는 얼굴은 천차만별입니다. 한 사람 한 사람의 삶과 개성이 배어나오지요. 그러니 누구나 웃는 얼굴이 보기 좋은 거 아니겠습니까? 미소를 지으며 화를 내는 사람은 없습니다.

지금보다 사람들이 훨씬 순진했던 태곳적에는 사람들이 투명한 미소를 짓지 않았을까요? 다소 어색하긴 하지만 사뭇 따스했겠지요. 분명 부끄러운 듯 순진하고 보기 좋은 미소였을 것입니다.

그런 미소를 지으며 사는 게 좋은 겁니다. 억지로 표정을 꾸미는 미소가 아니라 마음 깊은 곳, 강물이 시작되는 최초의 곳에서 솟아나는, 그곳에서 넘치는 듯한 미소 말입니다.

나도 남을 웃기길 좋아합니다. 객쩍은 익살도 자주 부립니다. 그렇게 해서 상대의 '기'를 흔들어 웃게 해주고 싶습니다.

그런 의미로 유머는 속달서류 같은 것입니다. 이쪽 생각을 재빨리 확실하게 상대의 마음 원류까지 전달합니다. 똑같은 말을 해도 화를 내면서 하면 중간까지밖에 도달하지 않습니다.

그보다 유머라는 봉투에 넣어 생각을 전하는 것이 더 잘 전해집니다.

고지식한 사람은 별로 웃지 않습니다. 그래서 기운이 없어 보입니다. '기'의 원류가 경직되어 있어서가 아닐까 싶습니다. 이런 사람을 보면 놀려서라도 마음을 움직이게 해주고 싶습니다.

이게 내 버릇입니다. 처음부터 재미있는 이야기를 해봐야 어차피 전달되지 않으니까 대개는 언짢은 소리를 해줍니다. "당신 얼굴은 표주박같이 생겼구먼" 이렇게요.

이런 말을 하면 마음의 중류 지역쯤에 잔잔한 물결이 이는 걸 알 수 있습니다. 우선은 그쯤만 흔들어주는 겁니다. 그렇게 해놓고 나서 서서히 원류 쪽으로 탐험을 해나갑니다. "얼간이 같은 소리 하지 마쇼" 이렇게 기막혀 하기도 하고 "과연, 일리가 있군" 하고 감동도 하면서 강을 거슬러 올라가는 겁니다. 그렇게 해서 원류에 도달하면 그때부터는 친구가 됩니다. 나에겐 이렇게 해서 생긴 친구가 여러 명입니다.

미소는 그 자체가 개성입니다. 다시 말해 무방비 상태가 되기 때문에 안심하고 마주 웃을 수가 있습니다.

마음속에 감추는 일이 있으면 무방비 상태가 될 수 없기 때문에 미소가 어색해집니다. 이러면 기운도 점점 없어집니다. 그러니까 감출 일은, 강으로 말하면 지류 쪽에서 소근거리게 해놓고 행동하면 됩니다. 그리고 본류는 열어젖힌 대로 둡니다. 이러면 무방비 상태로 웃을 수 있습니다.

나는 미소가 보기 좋은 사람을 좋아합니다. 뭔가를 한구석에 감추어놓고 있더라도 어색한 표정이 되지 않는 사람을 좋아합니다.

친구를 사귈 때 좋은 미소를 가진 사람과만 사귑니다.

나 역시 좋은 미소를 지으며 살고 싶습니다. 항상 웃으며 살아야지요. 그러기 위해서는 뭔가 걸리적거리는 게 있으면 안 되겠지요. 거드름을 피우거나 사람을 얕보거나 하는 상황에서는 좋은 미소를 지어낼 수가 없습니다.

미소는 스스로 만들어가는 것입니다. 사람은 좋은 미소를 만들기 위해 살아간다고 해도 과언이 아닐 것입니다. 미소에 책임을 지라는 의미입니다.

그런 경지에 도달했을 때에야 인생은 '성공'이라고 말할 수 있을지 모릅니다. 그 경지에 이르기 전가지는 모두들 '성장'하는 수밖에 없습니다.

삶은
죽을 때까지
아마추어

죽을 때까지 성장하려면 죽을 때까지 아마추어로 살아야 합니다. 예를 들어 도자기를 보고 제일 먼저 '이 도자기의 작가는 얼마나 유명한 사람일까?' 하는 데만 신경을 쓰는 사람이 있습니다. 작품 자체를 보려고 하지 않는 거지요.

신석기시대의 빗살무늬 항아리를 보면서조차도 '이건 프로가 만든 작품이군' 하는 사람이 있습니다. 좋은 작품은 프로만이 만들 수 있다는 편견이지요. 기원전 신석기시대에는 프로니 아마추어니 하는 구별조차 없었습니다. 오로지 생명을 번득이며 살던 사람들만 있었습니다. 모두가 아마추어였지요. 무엇보다 프로가 만든 게 아니면 진짜가 아니라는 편견이 꼴불견입니다.

조선시대 자기에 대해서도 그런 견해를 가진 사람이 있습니다.

'이름도 없는 장인의 손에 의한 작품이지만' 하는 주석을 붙여 칭찬하던 잡지가 있었습니다. 그 시대에는 이름 따위가 그렇게 중요하지도 않았습니다. 그 '이름도 없는 도공'을 도요토미 히데요시가 임진왜란 때 일본으로 데려왔고, 그때부터 일본의 도예 역사가 시작되었던 것입니다. 장인이 자신의 이름을 내걸고 전면에 나서기 시작한 것도 그보다 훨씬 뒤의 일이라 이겁니다.

그림쟁이나 조각가에게도 마찬가지로 평하는 사람이 있습니다. 색채가 어떻다는 둥, 디자인이 어떻다는 둥 장황하게 논평을 하지만 정작 그림이나 조각에서는 생명이 느껴지지 않습니다. 자신의 생명이 빛을 발하지 않으면 작품도 빛이 나지 않습니다. 하지만 그런 식으로는 프로로서 일을 해나갈 수가 없기 때문에 머리로 생각한 이치를 장황하게 떠벌이고 싶어합니다.

프로는 그 토대에 제대로 된 인간이 있었으면 합니다. 그림을 그리거나 조각을 하는 것은 인간이므로.

아마추어는 프로보다 못하다는 생각으로 무슨 일에나 프로만 찾는 것은 사는 방식이 미숙한 상태로 머물러 있다는 의미겠지요.

예를 들면 검객 미야모토 무사시와 선승 다쿠앙(澤庵) 선사가 실력을 겨루었다고 합시다. 무사시는 프로 검객이니까 검의 승부만이라면 당연히 이길 것입니다. 하지만 다쿠앙 선사는 자신이 졌다고 생각하지 않을 것입니다. 왜냐하면 '살아 있는 것과 죽은 것과의 차이가 무어란 말인가?' 이렇게 생각할 테니까 죽는 순간에도 '아, 이게 죽음이구나' 하고 생각할 뿐일 것입니다.

아마추어라도 프로 못지않게 살아갈 방법은 있다는 의미다 이겁니다. 그래서 나는 '삶은 초보가 좋다, 죽을 때까지 성장하고 있다' 하는 기개를 잃고 싶지 않은 겁니다. 주사위놀이가 아니기 때문에 '끝'이 필요없고, 무엇보다 끝나버리면 시시하지 않습니까?

몽골 초원에 갔을 때 이곳의 사람들은 아마추어처럼 살고 있구나 하는 생각이 들었습니다. 험담하는 게 아닙니다. '본질' 그대로 살아가고 있구나 하는 느낌이었습니다. 그들은 해가 질 때 '내일 다시 떠오르지 않으면 큰일인데' 하는 그런 절실한 기도를 하는 겁니다.

일본인에 비하면 소박함 자체인 사람들이 '실'만으로 생활을 하고 있었습니다. 신께 기도하는 것도 돈을 많이 벌게 해달라거나, 공부를 잘하게 해달라거나, 좋은 배필을 만나게 해달라거나 하는 따위의 공리적인 기도를 하는 게 아닙니다. 살아 있다는 것을 사무치게 감사하는 절실함이 묻어 있는 기도, 바로 그 자체였습니다.

몽골 하늘 가득하게 빛나는 별들은 질박한 사람들의 생활을 지켜보는 듯이 빛을 발하고 있었습니다. 그때의 별 또한 숫자가 엄청났습니다.

돌아와서 그 이야기를 했더니 어떤 사람이 아무 생각 없이 "산도 없고 네온도 없으니까 당연히 별의 숫자가 많았겠죠" 하고 대꾸하더군요. 이것이 '실'이 야위어가고 있다는 증거입니다. '어떤 책에서 읽은 거니까' 하고 말하는 건 모두 진짜 아는 게 아닙니다.

지구는 태양 주위를 공전하고 있다고 하지만 자기가 눈으로 본 건 아니잖습니까? 자연 시간에 그렇게 배웠으니까, 하는 생각으로만 사는 것은 이치로만 살아가는 것과 다름이 없습니다. 그런 사실에조차도 타성에 젖어서는 안 되겠습니다. 하늘이 돈다는 천동설은 부정되었지만 몸으로 느끼는 감각으로는 천동설이 맞지 않나요? 그런 감각을 소중하게 하고 싶습니다. 물론 지식으로 배운 지동설을 긍정은 하지만.

80이 넘어서도 지금까지 보아온 것이라는 게 너무나 보잘것없습니다. 그래서 살아 있는 것이 즐겁습니다. 아직도 보지 못한 것이 너무도 많고, 경험하지 못한 게 있지 않느냐며 스스로를 타일러가며 삽니다.

그림만 해도 여전히 내가 모르는 경지가 있습니다. 생각이 그렇기 때문에 그림을 계속할 수 있는 것이고 모든 걸 다 알았다 싶으면 그림도 그리질 않을 겁니다. 즉각 방향을 바꿔서 음악이나 건축, 농업 혹은 원예 등 지금까지와는 전혀 다른 길을 시도해볼 것입니다.

생명에는 젊고 늙음이 없습니다

　깨달음을 얻었다면 인생의 어떤 일에도 고민하지 않고, 아무런 물건도 필요치 않고, 아무런 욕심도 없이 또한 초연하게 살아갈 수 있을까요? 그렇지는 않은 것 같습니다.

　만일 그럴 수가 있다면 이미 그 사람은 살아 있는 건지 죽어 있는 건지조차 알 수가 없을 것입니다. 그런 경지라면 살아 있으나 죽어 있으나 다를 게 없겠지요. 살아 있는 건지 죽어 있는 건지 모른다면 생명의 번득임도 찾아보기 힘들 겁니다.

　나는 에도 시대의 이름 높은 승려 선애(仙厓) 선사가 죽음에 임해 제자들에게 '죽고 싶지 않아'라고 했다는 일화를 좋아합니다.

　그 '죽고 싶지 않아'의 의미는 여러 가지일 거라고 생각하지만 인간은 죽음을 눈앞에 두고도 여전히 성장하고 있다고도 볼 수 있습니다. 선애 선사는 죽음을 수용하면서도 단 1분, 1초라도 더 성장하고 싶었을지도 모르고, 아직 보지 못한 것이 있다고 생각했을지도 모릅니다.

나만이 하는 멋대로의 상상이지만 인간은 죽기 1분, 1초 전에도 '성장하는 중'이라고 말하고 싶습니다.

성장하는 일에서 남보다 뒤에 처진 사람도 있습니다. 일 자체의 재미나 즐거움을 깨닫지 못하고 돈으로 환산되는 것만 생각하는 사업가나, 생명을 바라보는 행위를 잊고 오로지 큰 상을 받기 위해 일하는 예술가 등이 그 부류일 것입니다.

그들은 생명의 빛을 보려 하지 않고 헛된 길을 걷고 있는 사람들입니다. 남의 일에 상관할 틈이 없다는 게 이유일 것입니다.

선애 선사는 제자들에게 수수께끼를 던졌던 건지도 모릅니다. 이 말의 의미를 잘 생각해 보라고 말입니다.

나 역시 여전히 미숙하기 때문에 하는 일들이 위태롭습니다. 하지만 열심히 하지요. 그래 봐야 내가 하는 일이라는 게 대단한 건 아닙니다. 때로는 어이없는 실패도 합니다.

아무리 자신있는 사람처럼 보여도 모든 인간은 그런 게 아닌가 합니다. 30살이나 50살이나 80이 돼서도 그렇고 90이 된다 하더라도 그 점에서는 변함이 없을 것입니다. 살아가는 일에 프로란 없습니다.

그래서 프로 같은 얼굴로 살아가는 사람을 믿어서는 안 됩니다.

식도락 붐으로 여러 가지 독특한 음식점이 소개되고 있는데 주인이 너무 자신만만한 태도를 하면 그런 곳은 가봐야 별 게 없을 거다 싶습니다. 손님과 같이 맛을 연구하겠다는 자세가 없는 음식점은 분명 머지않아 손님의 발걸음도 멀어질 것입니다.

음식점이라면 나도 믿을 만한 사람이 경영하는 곳을 많이 알고 있습니다.

그 중에 한 음식점의 주인은 살아가는 일에는 서툴기 짝이 없지만 음식 하나는 기막히게 만듭니다. 그런 그를 보고 어쩌다가 남의 일에 참견하기 좋아하는 사람이 "가게를 좀 넓혀서 깔끔하게 하지"라든가 "사람을 더 써서 좀더 많은 손님이 들어오게 하면 좋겠구만" 하고 배려를 합니다.

그러면 본인은 '뭐하러 그런 귀찮은 일을 해야 한담' 하는 얼굴로 쳐다봅니다. 그리고 "비싼 음식이 먹고 싶으면 비싼 가게로 가면 될 것이고 나야 이 동네 사람들이 와서 먹어주면 그걸로 족하지" 하면서 도무지 수완을 부릴 줄 모릅니다.

여기서 이름을 밝혀도 상관은 없겠지만 본인에게 누가 될까봐 관둘랍니다. 그 사람이 이 책을 보면 아마도 "우리 집은 멀리서 차를 타고 일부러 먹으러 올 만한 데가 아니라오"라고 할 것입니다.

　장사에 능숙한 사람이라면 분명 이것저것 생각을 하겠지만 그 사람은 그러지를 못합니다. 사는 게 아마추어입니다. 하지만 그런 사람의 음식 맛이 기가 막히다는 데야 어찌 하겠습니까.

　가게에서 손님끼리 멱살잡이 싸움이라도 벌어졌을 때는 주방 안에서 얼굴을 쭉 빼고 "각자 자기 머리를 쥐어박고, 자기 멱살들이나 잡으쇼" 하고 호통을 치던 꼬치집 주인이 있습니다. 이런 사람의 수완도 용렬하지요. 하지만 그런 삶을 사랑하는 손님도 엄연히 있습니다.

　세월이 아무리 흘러도 사는 일에 이골이 나서는 안 되겠습니다. 위에서 말한 음식점 주인들은 장사를 해봐야 돈도 많이 못 법니다. 그러나 생명의 빛만은 번득입니다. 이런 삶에 늙고 젊음이 있을 수 없습니다.

'어설픔' 이야말로
내 희망입니다

　이 나이가 되어서도 '성장 중'이기 때문에 모든 일에서 서툰 게 좋구나 하는 생각을 자주 합니다. '불량 노인'의 어쭙잖은 설교가 절대 아닙니다.

　오히려 어설픈 솜씨를 적극적으로 즐기는 경지입니다. 서툴다는 것은 초심을 잃지 않는다는 것과 열결됩니다.

　내게 있어서 조각하는 일은 생명의 따스함을 재는 '온도계'와 같은 것입니다. 쉼없이 작업을 하고 있는 동안에 '아아, 이런 점이 보이는구나' 하는 것을 알게 됩니다. 이 나이가 되어서도 여전히 깨달으며 살아갑니다. 그때는 어둠 속에서 명멸하는 반딧불의 따스함을 느끼는 것 같습니다. 그것이 성장한다는 의미겠지요.

　그림도 그렇고 도예도 마찬가지입니다. 이 '온도계'를 갖고 있으면 여러가지 것에 부딪힐 것입니다. 그리하여 서툴다는 것이 인간이 갖고 있는 진짜 세계구나 하는 걸 알게 됩니다. 서툰 사람은 타성에 젖지 않을 테니, 늘 탐구해가면 되는 겁니다.

초등학교에 다니기 전까지의 어린이는 모두 순진한 표정을 갖고 있습니다. 마음의 설레임을 지극히 당연한 것으로 보고 있기 때문입니다. 그래서 꽃이나 나무, 구름이나 조약돌과도 이야기를 할 수가 있습니다.

학교에 다니면서 차츰 그런 기능이 둔해집니다. 지금의 학교는 그 설레임을 키워주지 않는 것 같습니다. 아니 오히려 그 기능을 없애는 데 중점을 두는 것 같습니다.

초등학교 학생들의 서툰 글씨도 참 좋습니다. 힘을 주어가며 열심히 눌러 쓴 글씨에서 그 아이의 손길이 전부 드러납니다. 잘 쓰게 되면 이 손맛이 사라지지요. 글씨를 보면 대개 그 사람의 인품을 알 수 있습니다. 물론 프로나 아마추어와는 관계가 없습니다.

서예가 요시히로 씨는 붓글씨의 대가로 잘 알려져 있지만 그 사람의 글씨는 남에게 보이려고 쓴 게 아닙니다. 자연스럽게 붓이 움직여, 마음의 뿌리를 반영하고 있습니다. 그런 게 좋은 겁니다. 요시히로 씨의 마음씨가 글씨를 통해 순진하게 드러나기 때문에 글씨에서도 좋은 느낌이 납니다.

요시히로 씨의 글씨를 보고 뭔가 안도하는 느낌을 갖는다면 그 사람에게도 그런 마음씨가 있다는 겁니다.

그렇기 때문에, 예를 들어 글씨를 잘 쓰고 싶은 사람은 글씨 연습을 하기보다 자신의 장점을 많이 발견하여 그것을 순수하게 표현하도록 하면 되는 겁니다.

글씨 연습이라는 것은 손으로만 하는 게 아닙니다. 손재주만으로는 좋은 글씨가 나오지 않습니다. 모양은 좋을지 모르지만 깊은 마음이 드러나 보이는 글씨는 아닐 겁니다.

요즘 세상을 살아가려면 유능해지기 위한 테크닉도 필요할 것입니다. 하지만 그것이 전부는 아닙니다. 오히려 '학교에서 배우는 것쯤은 인생의 소중한 사항 가운데 지극히 일부에 지나지 않는다'고 생각하는 게 더 유익합니다.

우수한 아이들을 모아 영재교육을 하는 것도 좋지만 그 대가로 꽃이나 돌과 이야기를 할 수 있는 아이들의 설레임을 망가뜨리고 싶지는 않습니다.

학교라는 건 좋은 구슬을 갈아 더욱 좋게 만드는 게 아니라 거친 구슬을 갈아 좋은 구슬로 만들어준다는 마음으로 임해야 합니다. 서툴러도 좋습니다.

도자기에 대해서도 마찬가지입니다. 어린이가 만들어내는 그릇은 대개 보기가 편합니다. 조금 일그러지긴 해도 찻잔의 모습, 분위기가 순수합니다. 작품 실력으로 말한다면 서툴고 엉성해서 결코 전시회에 장식할 수 있는 물건은 아닙니다.

하지만 무심함이 드러나 있습니다. 치졸함이 자연스럽게 배어납니다. 청초합니다. 아련하게 체온을 느낄 수가 있습니다. '서툰 것도 좋아'가 아닌 앳된 모습이기 때문에 더욱 좋다고 생각합니다.

내 주위에는 도예가나 서예가를 꿈꾸는 젊은이가 여러 명 있는데 나는 그들에게 "잘 만들려고 하지 않아도 된다"고 늘 말해줍니다. 산으로 말하자면 능선 위에서 천천히 걸어도 된다는 말입니다.

내 그림도 그런 아이들의 싱싱함으로 돌아가고 싶은 생각으로 그립니다. 13세 정도 무렵에 그린 그림으로 돌아가고 싶은 생각을 잊지 않으려 합니다.

분발하기보다
사랑하듯이
살고 싶습니다

요즘은 평생교육이나 정년 후의 취미활동이 왕성하게 이루어지고 있다고 합니다.

잘하고 못하고는 관계가 없습니다. 어떤 재주든, 예술이든 그 길을 연구하는 사람과 그렇지 않은 사람의 차이는 타성에 젖어 있느냐 아니냐에 불과할 뿐입니다.

연구에 몰두하는 사람은 타성에 젖지 않습니다. 그 증거로 음악이든 그림이든 스포츠든 진짜 프로들은 항상 철저하고도 기본적인 연습을 게을리하지 않습니다. 하루 6, 7시간은 당연하게 연습에 몰두합니다.

'그렇게 잘하면서 계속 연습할 필요가 있나?' 이렇게 생각하기 쉽겠지만 오히려 연습을 게을리하지 않기 때문에 잘하는 것입니다. 연습을 그만두면 실력은 당장 떨어집니다.

정년을 앞둔 한 회사원이 "정년 후에는 수묵화를 해보고 싶다, 도예도 하고 싶고, 고대사 연구도 하고 싶다"며 신이 나서 말을 했습니다. 그런데 한 가지 불안이 있다고 합니다. 젊을 때부터 그 일을 하고 있는 사람에 비해 약 40년 정도의 격차가 있는데 열심히 한다고 해도 제대로 될 수 있을까 하는 막연함을 토로합니다.

아직 해보지도 않고 제대로 될까를 앞질러 걱정할 필요는 없습니다. 이미 시작하고 있다면 제대로 하고 있는지 걱정하지 않아도 됩니다. 젊어서 그 길에 발을 들여놓은 사람도 '아직은 멀었어' 이렇게 생각하고 있을 것이기 때문입니다.

'전문가 뺨치는 사람'이라는 건 초보자를 말합니다. 아마추어지만 프로가 맨발로 도망갈 정도로 능숙하다는 말이죠.

나는 누군가에게 충고를 해줄 때는 종종 이런 말을 합니다. "프로와 경쟁하려고 분발하는 것도 좋지만 그보다 사랑에 빠지듯이 해보면 되는 거요"라고. 그런 말이나 해주니까 '불량'이라는 호칭이 따라붙는 거지만 솔직히 사랑에 빠지듯이 일을 한다면 아마도 이루지 못할 일이 없을 겁니다.

연애에 프로는 없습니다. 프로라고 하는 사람은 거짓말을 하고 있는 것입니다. 진짜 연애다운 연애를 평생에 몇 번씩 할 수 있는

것도 아닙니다. 그러니까 외골수가 될 수 있는 겁니다. 외골수가
되는 것은 타성에 젖지 않기 때문입니다.

지금부터 시작할 취미생활도 연애하듯이 하면 된다고 충고하는
것은 결국 그런 의미입니다. 자신에게 맞는 취미를 찾아 연애하듯
이 빠져들어 소중하게 가꾸면 됩니다. 타성에 젖지 않은 외골수가
되려는 생각으로 말입니다.

오만한 사람은 잠깐 맛만 보고 나서 전문가가 다 된 듯한 말로
주위를 휘저어놓습니다. 금방 타성에 젖는 기질, 자못 모든 걸 알
아버린 듯한 태도를 보이는 사람이란, 본인은 깨닫지 못하지만 거
기서 성장하는 것을 멈추는 것과 마찬가지입니다. 타성에 젖어버
리면 앞으로 나아갈 수 없습니다.

밑둥을 키우지 않고 가지와 잎을 무성하게 만드는 방식은 개성
이 아니라 괴벽에 지나지 않는다고 전에 쓴 책에서 언급했습니다.
아직 틀도 제대로 잡혀 있지 않으면서 이상한 버릇만 생겨버리는
겁니다. 그것을 통달했다고 착각하는 거지요. 키 작은 관목으로
만족할 뿐입니다.

그런 약아빠진 수완을 추구하기보다는 서툴고 순수한 그대로가
좋습니다.

구니다치 마을에서 그림엽서 전시회가 있었습니다. 다양한 사

람들이 출품을 했는데 젊은 여성이 그린 것 중에서 실력은 빈약하지만 싱싱하게 빛나는 작품이 있었습니다.

나는 그 그림을 보는 순간 "이거야, 이거!" 하고 외쳤습니다. 서툴게 잘하는 것이 아니라 외곬수로 타성에 젖지 않는다는 게 중요합니다. 그림에 그 경지가 나타나는 것이 중요합니다. 살아가는 데 이골이 나서 '사는 게 다 이런 거지' 하고 생각한다면 그걸로 끝장이지요.

연애를 할 때는 서툴고 능숙하지 않아도 마음이 즐거운 것처럼, 살아가는 일이나 생을 즐기는 일에도 서툴고 능란함과는 아무런 관계가 없을 터입니다. 정석대로가 아니라도, 거칠게 다듬은 솜씨라도, 치졸한 거라도 좋습니다. 외곬수로 도전하여 오늘 하루 번득이는 생명의 빛으로 산다면 그걸로 족합니다.

우리가 취미를 갖는 것은 남는 시간을 보내기 위한 게 아닙니다. 그것도 이유 중 하나이겠지만 진짜는, 살아가는 데 타성에 젖지 않고 있음을 확인하기 위해, 나날이 새로운 기분을 체험하기 위해 취미생활을 하는 것입니다.

살아가는 일에서 타성에 빠지지 않는 것은 스스로에게 익숙해지지 않는 것입니다. 마음 깊은 곳에 있는 새로운 자신을 만나려고 하는 행위입니다.

인생은 죽을 때까지 '자신'을 발견하기 위한 마음의 움직임이고 취미나 일도 그 수단에 지나지 않습니다. 자신을 발견하는 것은 결국 찾지 못한 것을 찾는 것이기 때문에 익숙해지는 건 아무것도 없습니다.

나는 이 나이가 되도록 좋아하는 일밖에 하지 않았습니다. 더구나 그 일에 익숙해지려고 생각한 적은 없습니다. 오로지 사는 데 익숙해지지 않기 위해 매일 마음을 긴장시켜왔습니다.

"몇 십 년씩이나 부처님 그림만 그려오셨으니, 눈을 감고도 그릴 수 있겠네요?" 이런 말을 하는 사람도 있지만 그런 식으로 생각한 적은 단 한 번도 없습니다. 자세히 보면 어제 그린 선과 오늘 그은 선은 분명히 다릅니다. 다르다는 사실에 기쁨을 느낍니다. 그것처럼 즐거운 일은 없습니다.

주제를 모르고 불평만 해봐야 소용없는 일

"간테이 선생 말처럼 되기만 한다면 이 세상이 천국이지요."

가끔 이런 말도 듣습니다. 나는 아무도 실현하지 못할 이상론을 펼치고 있는 게 아니건만.

인간에게는 각기 불성이 있다고 하는 말도, 인심 좋은 사람의 말로 치부당하고 말지요.

나는 설교를 하는 체질이 아니기 때문에 이런 말을 하는 사람에게는 당장 무안을 줍니다. 처음에는 '저 영감이 또' 하고 생각하던 사람도 "간테이 선생한테는 못 당하겠어요" 하며 결국은 손을 들어버리지요.

"알았습니다, 간테이 선생님, 술이나 마십시다" 이러면서 얼버무리는 경우도 있습니다. 그러면 나는 "못쓰겠구먼, 하하하" 이렇게 끝을 냅니다.

'인간이란 이런 거야, 사회란 이런 거지', 이렇게 생각해버리면 인생은 막다른 골목에 들어선 거나 마찬가지입니다.

모두가 자기는 쏙 빼놓고 사회를 바라보니까 그런 소리를 하는 겁니다. 사회가 나쁘다, 세상이 나빠, 선생을 잘못 만났어, 부모를 잘못 타고 났어, 정치가가 틀려먹었어 하고 말하지만 그런 말을 하는 자신 또한 그런 사회를 지탱하고 있는 한 사람임을 잊어서는 안 됩니다.

언젠가 도심에서 벗어나 단골집에 얼굴을 내밀고 들어가 앉아 있는데 지역구의원 한 명이 인사를 하러 오더니 "열심히 하고 있습니다" 하고 말을 걸었습니다. 나는 씩 웃으며 "열심히 하지 않아도 되네, 갈수록 나빠지니까" 하고 말해주었습니다. 이런 것쯤이야 농담 삼아 하는 말이기에 상대도 그냥 못 들은 척 물러가긴 했습니다.

장사를 처음 시작할 때는 사장 자신이 자전거를 타고 거래처를 돌며 주문을 받아 오기도 하고, 좀처럼 수금을 해주지 않는 고객한테 가서 필사적으로 머리를 조아리며 돈을 받아내던 사람이 있었습니다. 참 대단하구나 생각하며 보고 있었는데 어느새 정말로 대단한 사장이 되어 있었습니다. 일은 사원에게 맡기고 외국에서 들여온 고급 승용차를 타고, 접대며 골프며 노는 이야기만 잔뜩 하고 다니는 것이었습니다. 그가 고급 라이터를 만지작거리면서 이야기하는 걸 보고는, "너무 만지작거리면 불이 붙는다네" 이렇게 말해주었습니다. 그랬더니 거품경제가 끝나자마자 정말로 형편이 곤두박질했습니다. 그가 제일 먼저 생각한 것이 감원대상 찾기였습니다. 요컨대 정리해고라는 겁니다. 자신은 돌아다니며 신나게 놀 때 회사를 지탱해준 사원을 해고하겠다는 말이니, 기가 막히는 이야기지요.

정리해고나 목자르기나 그런 것에 물들면 안 된다는 말입니다. "나도 이만큼 출혈을 할 테니까 이해해주게" 이것이 인간이 인간에게 하는 말입니다. "내가 살고 싶으니까 넌 그만둬야겠어" 이런 건 통하지 않습니다. 이런 부끄러움도 체면도 없는 사람이 도처에 있으니 그야말로 세상은 시끄럽습니다. 경영자는 모름지기 자신을 향해 솔직하게 물어봐야 합니다. 자신의 불성에 비추어 부끄러운 일인지 아닌지를.

"어떤 음식은 반드시 어느 식당에 가서 먹어야 한다" 등으로 스스로 식도락가라 떠벌이는 남자를 만났을 때 "다음에는 정말로 맛있는 토끼요리를 먹으러 갈까?" 하고 제의해보았습니다. "예, 좋습니다" 하고 얼른 응해오더군요. 그래서 나는, "산속으로 좀 들어가야 하는데 그곳 특미는 토끼 한 마리를 통째로 내주고 그걸 손님이 스스로 요리하는 거라네. 목을 따고 털을 뽑고 내장을 꺼내서" 하고 말해주었더니 징그럽다는 얼굴을 하더군요.

물론 그런 식당은 없습니다. 그래도 가고 싶다고 하면 데리고 갈 곳은 있지만.

입으로만 요란하면서 마치 식도락에 정통한 듯한 얼굴을 하는 사람들이 많습니다. "양식이라면 도심의 어느 집 정도는 가야지, 최소한" 어쩌구 하면서 고급이 아니면 먹을 만한 게 아니라는 듯이 떠벌입니다.

먹는 행위는 본래 깨끗한 일이 아닙니다. 잡아서 죽이고 피를 보고, 이렇게 시작되는 게 먹거리지요. 사실은 그렇게 시작부터 체험을 하지 않으면 오감을 다 동원해서 식사를 했다고 말할 수 없습니다. 밭일을 하다가 흙탕에 발이 빠져보라, 낚시를 하면서 물고기가 몸부림 치다가 죽어가는 모습을 자세히 보라고 말하고 싶습니다.

궂은 일은 모두 제쳐두고 '이 집의 특미는'이라든가 '그 식당을 몰라서야 되겠나' 등으로 말을 하니까 왠지 좀 놀려주고 싶어지는 겁니다.

하기야 그렇게 놀려주다가 결국은 "간테이 선생님은 불량한 게 아니라 '뻔뻔한 사람'이군요" 하는 말까지 들었습니다만.

보이지
않는 것이
중요합니다

요즘 사람들은 눈에 보이는 것만 좋아합니다. 사실은 그런 건 별 게 아닙니다. 실제로 거기에 '있는' 것이기 때문에.

눈에 보이는 것, 손으로 만질 수 있는 것이 모두라고 생각하지 말아야 합니다. 다른 사람은 다 보는데 자기 눈에만 보이지 않는 중요한 것도 있다는 사실을 알아야 합니다. 오히려 그런 것들이 더욱 반가운 것입니다.

더 중요한 것이 있습니다. 그것은 눈에 보이지 않는 것입니다. 나는 늘 그런 것에 대해 알고자 하며, 인생 후반에 가서 그런 것을 알고 싶어하는 사람이 많이 있습니다.

한 모임에서 만난 어떤 중년남성은 어릴 때 주웠던 병조각의 색깔이 갑자기 생각 나서 똑같은 색깔을 찾고 있는데, 도저히 찾을 수가 없다는 이야기를 시작했습니다.

물색이 감도는 엷은 색이었다고 합니다. 아마 흔해빠진 유리병 색깔이었을 겁니다. 옛날에는 그런 병조각이 길거리나 공터를 가득 메우고 있었지요. 그때는 종종 거칠고 깨진 부분이 닳아 뭉툭해진 그런 병조각을 주워다가 햇빛에 비추어보기도 했습니다.

그 사람도 분명 그런 것 가운데 하나를 주워 보물처럼 간직하고 있다가 잃어버렸던 모양입니다.

장황한 해설은 하고 싶지 않지만, 좌우지간 자신의 눈에만 보이는 아름다운 것이었을 테지요. 그것을 잃고 보니까 갈수록 아름다운 물건이었다는 생각이 들었을 겁니다. 그 자리에 있던 사람들이 모두 '아마 찾을 수 없을 거다'라고 생각했을 겁니다. 하지만 아무도 말은 하지 않았습니다.

다른 사람이 보면 아무런 가치도 없는 병조각이 그 사람에게는 정말로 반가운 물건이었던 것입니다. 고물상이며 골동품 시장까지 돌며 찾고 있는 모양인데, 그 심정을 이해할 수 있습니다.

나도 그 병조각의 색깔이 보입니다. 실제로 그 조각을 본 건 아니지만 어떤 크기로 어떤 모양이었는지도 잘 압니다. 좀더 말하자면 어릴 때 그 사람이 그 병조각을 주워들고 집으로 돌아갈 때의 미소까지 보이는 것 같습니다.

내가 다른 사람에 비해 예민해서인지도 모릅니다. 보이지 않는 물건의 색과 형태를 환히 아는 경우가 있습니다.

나는 오히려 그런 것을 믿습니다. 보이지 않기 때문에 더욱 믿어지는 것이 있는 법입니다.

이 세상은 균형으로 이루어져 있기 때문에 보이지 않는 것을 소중하게 하지 않으면 균형이 무너져서 보이는 것까지 사라져버립니다. 지금 세상은 보이지 않는 것을 지나치게 무시하는 경향이 있습니다.

그런 말을 하면 "그렇다면 보이지 않는 게 뭐죠?" 하고 물을지도 모릅니다. 하지만 그것은 사람마다 각각 다를 것입니다. 예를 들어 사랑이거나 영혼이거나 정적이거나 혹은 허무함이기도 하고 정이기도 합니다. 보이는 것과 비슷한 숫자만큼 많을 것입니다.

돈을 소중히 하는 거라면 그와 비슷한 정도의 마음으로 '정적'을 소중하게 하면 됩니다. 지금까지 나는 '돈은 필요한 만큼만 있으면 된다'는 생각으로 살아왔습니다. 하지만 세상에는 돈이 모두라는 사람이 있습니다. 돈이 마음속을 점령하고 있는 거지요.

다짜고짜 그런 생각을 버리라고는 하지 않겠습니다. 그대로 살아도 좋으니까 마음 한 구석을 조금만 비우고 거기에 보이지 않는 뭔가가 차지하게 해보라는 충고는 하고 싶습니다. 그것이 점점 부풀어서 돈에 대한 생각이 절반, 보이지 않는 것들이 절반이 되면 좋은 겁니다. 이 정도면 균형이 잡힙니다. 마음이란 얼마든지 커질 수 있는 것이기 때문에 그런 일은 정말이지 간단한 겁니다.

'정적'이라는 걸 굳이 말하자면 마음의 고요함지만 똑같은 의미는 아닙니다.

예를 들어 조용한 방 안에 향을 피우면 연기가 가늘게 올라갑니다. 그 연기는 일직선으로 올라가는 것이 아니고 조금씩 흔들립니다. 그 흔들림을 바라보는 마음과 비슷한 것이 '정적'입니다.

물론 거기에 무엇이 있다는 이야기는 아닙니다. 이것이 '정적'이라고 손에 잡아 보여줄 수는 없습니다. 이런 저런 표현을 늘어놓아 보지만 다 조금은 다른 것 같습니다. 그래서 '정적' 자체를 소중히 하고 있는 것입니다.

사람은 제각기 뭔가 그런 성향을 갖고 있을 것입니다. '친구'도 좋고 '사랑'도 좋습니다.

좀더 자신을 믿으려고 한다면 그렇게 하는 게 가장 빠른 길이라고 생각합니다. 남들이 보면 유리조각 같은 하찮은 물건이라도 너무나 소중한 보물이 될 것입니다.

인생을 오래 살면 살수록 보이지 않는 것의 수가 늘어나는 게 당연합니다. 50, 60이 되어서도 여전히 보이는 것이나 돈에 얽매어 있으면 지치기만 할 것입니다.

더 욕심을 내어 보이지 않는 것이 60퍼센트, 보이는 것이 40퍼센트가 되면 더욱 마음의 평화를 느낄 수 있을 거라고 생각합니다.

결점은
그대로
놔둡니다

벌써 오래전 일인데 어떤 절 산문에 안치할 인왕상을 만든 적이 있었습니다. 그때 인왕의 엄지발가락을 뒤로 제껴서 몸 속으로 들어가게 했습니다. 원을 그리는 듯한 이미지로 만들려고 생각했지요.

그러나 그후 여러 모로 수행을 거치면서 생각이 달라지자 엄지발가락이 그려내는 원이 조금 더 커도 되겠다는 생각이 들기 시작했습니다. 엄지발가락을 더 늘려서 허공으로 크게 돌려 지축 쪽으로 들어가게 하는 겁니다.

지구의 지축을 지나면서 도는 원의 크기와 인간의 몸 안으로 도는 크기는 다릅니다. '그런 이미지도 괜찮겠구나'라고 생각한 것입니다.

어떤 사람한테 아무 생각없이 그 이야기를 했더니 "엄지발가락 방향만 달리하는 거니까 작업이 그렇게 복잡하진 않겠군요" 하고 대꾸했습니다.

그렇지는 않습니다. 그렇게 했다간 전체적인 균형이 무너집니다. 인왕상이 죽어버리는 거죠. 그때, '아! 머리로만 생각하면 저런 의견이 나오겠구나' 하는 생각이 들었습니다.

잘못된 부분만 고치면 된다는 생각이지요. 하지만 그렇게 하고 나면 자꾸자꾸 고쳐야 할 부분이 생기고 결국은 뒤죽박죽 되어버립니다.

결국은 잘못되지 않은 부분까지 고칩니다. 잘 된 부분을 고쳐나가다 보면 그게 빙 돌아 재미없는 부분까지 고치게 되는 경우도 있겠지요.

사람도 그렇습니다. 누구나 자신의 결점에 신경이 쓰여 어떻게든 고치려고 합니다. 하지만 좀처럼 고쳐지지 않지요. 결국은 자신감만 상실하게 됩니다.

인생의 후반이 되면 거기에 '인생의 성패여부' 까지 가세를 하게 되기 때문에 도대체 내 인생은 뭐였던가, 그러다 보면 마음이 허전해집니다.

자신의 일생이 들여다보이는 거죠. 무엇 한 가지 제대로 되는 게 없었다, 원인은 인간관계가 원만치 못했다는 데 있다, 왜 제대로 되지 않았을까, 생각해 보면 모든 일에 소극적이고 남을 사귀는 게 싫었기 때문이라는 둥.

그렇다면 어떻게 하면 좋을까요? 지금부터 인간관계에 대한 압박을 제거한다고 해봐야 40대, 50대를 지나면 남자로서 전성기는 지나버린 겁니다. 기회는 이미 놓쳤는지도 모릅니다.

내가 이런 말을 하는 건 인생 후반에 자신의 결점에 집착해서 그걸 고치려고 끙끙거려봤자 고쳐지지 않는 경우가 많기 때문입니다.

그 결과 자기 인생은 실패였다는 생각에 정신과 몸이 피곤하기만 할 뿐입니다. 하나의 결점을 놓고 이러쿵저러쿵 불평만 하다가 인생 전체가 허무해지다니, 너무 우습지 않습니까?

그런 피곤한 생각을 하느니 다른 좋은 점을 찾아 주목해보는 게 훨씬 낫습니다. 자신의 장점은 이미 자신 안에 있을 테니까요.

하나의 결점에 얽매여서 고치려고 하는 것은 서툰 지압사가 환부의 아픈 부분을 힘껏 눌러 고치려고 하는 것과 다르지 않습니다. 그래가지고야 효과가 날 리 없지요. 제대로 된 지압사라면 환부에서 훨씬 먼 부분, 아프지 않은 부분의 혈을 눌러 환자를 낫게 할 겁니다.

자신감이 없기 때문에 쓸데없이 자기 자신을 깎아내리는 말을 하는 사람도 서툰 지압사와 다를 게 없습니다. 겸손한 태도인 줄 알고 그러는지 모르지만 자신을 너무 비하하는 것은 자칫하면 자기 자랑하는 것과 똑같이 듣기에 괴롭습니다.

겸손과는 다른 겁니다. 자포자기를 하고 있는 것도 아닐 텐데, "모든 게 지겨워졌어" 따위의 말을 아무렇지도 않게 합니다. 가만히 듣고 있다 보면 점점 기분이 우울해져서 어느새 깊은 한숨을 내쉬게 됩니다.

듣고 있기가 거북해서 "자신을 좀더 소중하게 여기시구려" 하고 말해준 적이 있습니다. 결국 자신을 소중하게 여길 수 있는 사람은 자기 자신밖에 없기 때문입니다. 자신을 소중하게 여기지 못하면 남도 소중하게 여길 까닭이 없지요.

사람의
고민에 크고
작음은 없습니다

자신의 결점만 신경쓰는 사람은 타인의 결점에도 신경을 씁니다. 우리는 남의 나쁜 점만을 찾으려는 사람을 자주 봅니다. 그 사람의 결점이라면 다른 사람의 결점만을 보려고 하는 것이 가장 큰 결점이 아닐지.

결점을 무시하라는 말은 아닙니다. 이제 와서 결점을 고치려고 용을 쓰는 것보다는 좋은 점을 확대시켜나가는 편이 더 낫다는 의미입니다.

고집이 센 사람이 그 고집을 고치려고 해봐야 고쳐지는 게 아닙니다. 그보다는 배려가 깊다든가, 몸을 사리지 않는다든가 하는 등의 좋은 점을 확대해나가는 게 더 이롭습니다. 그렇게 하면 고집도 하나의 '깊은 맛'으로 달라지게 됩니다.

자신을 소중하게 여긴다는 것은 아마도 그런 게 아닐까 생각합니다. 자신감이 없다는 따위의 말은 입밖에 내지 말아야 합니다.

한번은 사소한 일로 끙끙대며 고민하는 남자가 "간테이 선생님처럼 호탕하게 살 수 있으면 좋을 텐데" 하고 말한 적이 있습니다. 나 역시 작은 일로 끙끙대며 고민할 때가 있습니다. 하지만 나는 그런 자신의 모습조차도 소중하게 여깁니다. 절대 싫어하지 않습니다.

도대체가 고민이라는 건 크고 작은 게 없습니다. 아무리 사소한 일이라도 그 사람에게는 크게 느껴지는 고민이 있습니다. 사람마다 제각각이라 이겁니다. 세상, 나라를 위해 고민하는 것과 오늘밤 저녁반찬은 뭘로 할까 고민하는 것과는 차원이 다르긴 하지만 고민이라는 점에서는 다를 바가 없습니다.

어느 경우라도 그런 일로 고민하는 자신을 소중하게 여기면 됩니다. 자신을 소중하게 여기면 자신만이 아는 좋은 점이나 나쁜 점도 보일 것입니다. 그런 다음에 좋은 점을 늘려나가면 되는 겁니다.

나쁜 점은 좀처럼 고쳐지지 않지만 좋은 점은 조금만 신경을 쓰면 더욱 좋아집니다. 끙끙대는 자신이 싫더라도 배려가 많고 남들이 좋아하는 스스로의 모습이 있으면 그걸로 족한 겁니다. 그렇게 하다 보면 그 사람은 눈치가 매우 빠르고 사려가 깊다는 말을 듣습니다. 결코 소심하고 지겨운 사람이라는 말은 듣지 않게 됩니다.

'이런 성격이니 출세를 못했지' 이런 부정적인 생각을 하기보다는 '내 성격이 이러니까 친구가 많은 거지' 하고 생각하는 게 유익합니다.

그렇지만 자신에 대해 지나치게 관대한 것도 곤란합니다. 그런 사람에게서는 생명의 번득임을 볼 수 없습니다. '내 꼴이 이 모양이지만 그래도 내면에 불성을 지니고 있을 테니 그걸로 족하지'라고 생각하면 됩니다. 불성을 깨달았을 때부터 사람은 자기 안의 좋은 점에도 시선이 가게 됩니다. 이 정도로 확실한 치유는 없을 것입니다.

'탈선인생'을 좋아합니다

　나는 '불량 노인' 혹은 '불량 영감' 심하게 말하면 '뻔뻔한 영감'이라는 호칭을 갖고 있다고 했는데, 탈선을 하고 있다는 의미에서 그렇게 불린다고 생각합니다. 그렇다면 무엇으로부터의 탈선일까요?

　누구나 생각하기 쉬운 상식적인 '노인다운 생활'로부터 탈선하고 있는 겁니다. 그런 생활로부터는 분명 탈선하고 있습니다. 그래서 '아직 완성되어 있지 않은, 성장 중인 사람입니다'라고 말하는 겁니다.

　고목이든 어린 나무든 봄이 되면 새 잎이 나옵니다. 두 나무의 이파리를 봅시다. 봄에 나온 새싹에 젊고 늙음이 있던가요? 아니지요. 이파리는, 수령 7백 년이 된 고목이나 작년에 심은 어린 나무나 모두 똑같습니다.

7백 년이 지났기 때문에 위대한 것도 아니고 어린 나무의 잎이 더 싱싱한 것도 아닙니다. 어린 나무가 성장 중이고 수령 7백 년 된 나무가 성장을 멈추고 있는 건 아닙니다. 생명은 똑같습니다.

올해 태어난 아기나 80년이 넘게 살아온 나나 생명은 똑같습니다. 봄이 되면 똑같이 새순이 나듯이 살아가기 위해서 하는 일도 같습니다.

내 행동을 보고 '그 나이에' 어쩌구 생각하는 사람이 많은 모양인데 생명에 나이가 무슨 상관입니까. 생명은 기운으로 정해지고 있는 것이니까요. 극단적으로 말한다면 큰병을 앓고 누워 있는 사람에게서도 생명의 빛은 번득이고 있지 않습니까? 다소의 의기소침함이나 우울한 점이 있을 수도 있지만 그런 경우에도 생명은 내일의 빛을 기다리고 있습니다.

노인은 기운이 없는 게 당연하다고 치부하는 게 싫습니다. 분명 체력은 좀 떨어지고 몸의 기능은 저하되어 있을 것입니다. 하지만 체력이 떨어지는 것은 생명의 힘이 쇠잔해지는 것과 다릅니다. 이건 나무와 같은 이치입니다. 고목의 표피가 거칠어졌어도 잎을 틔우는 능력이 쇠잔해진 것은 아닙니다.

좋아하는 일을 열심히 하다 보면 생명은 늘 기운이 넘치게 됩니다. 나는 손에 늘 끌을 쥐고 작품을 하는 탓인지 제법 근육질입니다. 소식을 하고 있지만 눈앞에 차려진 음식은 뭐든 먹어치우고 술도 매일 밤 마시고 다닙니다. 매일 나가서 돌아다니고 그림도 매일 그립니다. 장기여행도 자주 하고 젊은 사람을 보고 "나이를 생각해서 무리하지 않는 게 좋을 거네" 하고 놀려주기도 하고 여성에 대한 관심도 남 못지않습니다.

"여든한 살 된 노인답게 굴어라."

이 말은 내가 듣기에 '생명을 좀더 고갈시켜라' 라는 협박처럼 들립니다. 앞에서도 말했듯이 고목이나 어린 나무나 생명을 불태운다는 점에서는 마찬가지입니다. 협박에 굴복할 수가 없다 이 말입니다.

대체적으로 나이 든 사람에게 "젊으시네요"라고 하면 좋아할 줄로 알지만 천만에, 착각입니다. 나는 절대 젊지가 않습니다. 같은 연배의 사람들은 종종 '나이를 먹어도 마음만은 젊다'든가 '생각은 아직도 젊군'이라는 말을 하는데 그것도 별로 반갑지 않습니다.

고목 옆에 어린 나무가 뿌리를 내렸다고 해서 어린 나무가 고목을 향해 "나이에 비해 젊군요" 하는 말을 하지는 않습니다. 살아 있는 한 생명은 모두 똑같습니다. 올해도 그 고목은 어린 나무와 똑같은 잎을 틔우고 있습니다.

이것은 비유로 말하는 게 아닙니다. 나무도 인간도 생물임에는 진배없습니다. 봄이 되면 울창한 숲으로 가서 나무에 귀를 대고 들어보십시오. 살아 있는 나무의 소리가 들립니다. 나무의 안쪽에서 들려오는, 물을 빨아올리는 소리와 내 몸 속을 흐르는 피의 소리가 공명하는 일도 있습니다.

밥맛없는 인간에게는 웃는 얼굴로 '자, 그럼 안녕'

마지막으로 두세 페이지를 할애하여 인생에서 가장 흔한 고민에 대해 써볼까 합니다.

나도 미숙하기 때문에 어떤 사람과도 대개는 친구가 될 수 있습니다. 하지만 아무래도 싫은 느낌이 드는 사람은 있지요. 이렇게 오래 살고도 이러니 미숙하달 수밖에요.

젊은 시절, 인간관계가 순조롭지 못한 것은 내가 나빠서라고 생각했습니다. 열심히 수행을 하면 고쳐질지도 모른다고 생각했는데 그렇지가 않았습니다. 싫은 건 역시 싫으니까. 그래서 깨달은 것은 특별히 나만 나쁜 게 아니니 아무러면 어떠냐, 할 수 없는 거 아니냐 하는 생각에 도달했습니다.

예를 들면 만원 전철 안에 왠지 께름칙한 느낌의 남자가 있다고 합시다. '이거 뭔가 위험하군' 하면서 계속 타고 가다 보면 어쩔 수 없는 트러블에 말려들거나 얻어맞거나 하는 수가 있습니다. 그러고 나서야 아까 께름칙한 생각이 들 때 다음 역에서 내리거나 다른 칸으로 갈걸, 하고 후회합니다.

인생의 후반부는 이 요령으로 삽니다.

기분 나쁜 사람을 만나더라도 싱글거리면서 '자, 그럼 안녕' 하고 그 자리를 떠나면 되는 겁니다. 계속해서 웃는 얼굴로 마주하기보다는 훨씬 낫지요. 마음을 혼란스럽게 할 게 아니라, 그런 느낌이 들면 '자, 그럼 안녕' 하고 떠납니다.

더욱이 요즘은 좀더 발전해서 '상대의 파장에 맞춰볼까나' 하고 생각할 수 있을 정도가 되었습니다.

덕분에 싫은 사람은 적어졌습니다. 하지만 그렇다고 전혀 없는 건 아니지요. 뭔가 맞지 않겠구나, 이런 사람은 처음부터 알아봅니다. 그러니까 가까이 가지도 않습니다.

마음 저 깊은 곳에서 파장이 서로 맞으면 험한 대화를 주고받아도 태연한 법입니다. 하지만 머리로만 어떻게든 파장을 맞추려면 섣불리 험악한 말은 내뱉을 수가 없지요.

말을 해도 좋을 험담과 나쁜 험담이 있는 겁니다. 좋은 험담이라는 건 상대의 마음을 흔들어보는 것입니다. 일부러 엇나가는 파장을 일으켜서 흔들어봅니다. 바탕이 맞기 때문에 그 엇갈림도 재미있지만, 처음부터 엇나가는 사람에게 그랬다가는 싸움이 되지요.

그래서 마음이 맞지 않는 사람과는 섣불리 농담을 주고받지 않습니다. 나야 그냥 마음속이 좀 뒤틀리면 언제라도 복수할 여지가 있기 때문에 끄떡없지만 말입니다.

마음속을 조금 흔들어보고 좀 너무했다 싶으면 다시 다른 부분을 조금 건드려 흔들어봅니다.

솔직하게 말하면 이 정도의 '재주'가 가능해지고서야 비로소 싫은 사람은 싫다고 마음속으로 정리할 수가 있습니다. 사람을 앞에 놓고 험담도 요령껏 하게 되는 거지요.

그러니까 나보다 젊고 미숙한 남자나 여자들이 싫고 좋고가 있는 게 당연하다는 식의 표현을 하는 게 싫습니다. "너는 모든 게 싫잖아" 이렇게 말해줍니다.

감이 둔한 사람은 좋고 싫고도 알지 못하지요. 인간관계에서 벌어지는 대부분의 분쟁도 마찬가지입니다. 앞뒤 재보지도 않고 상대가 나쁘다고 합니다. 그래서 "그럼 상대의 나쁜 점을 말해보라"고 하면 이건 어떻고 저건 어떻고 잇따라 열거합니다. 대개가 별 것도 아닌 내용이지요. 한참 동안 이야기를 나누다 보면 중간에

"알겠습니다" 하고 고개를 숙이는 식으로 수습이 되지요.

그런데 훨씬 나중에 이 사람을 다시 만났더니 또 똑같은 소리를 합니다. "그것은 지난번 끝난 일이잖나" 하니까 "아니오, 그것뿐이 아닙니다. 다른 사람은 모르지만 사실은 이런 일도 있었고……" 이렇게 나옵니다.

요컨대 싫다는 근거가 아무 것도 없습니다. 괜히 꽁한 응어리가 있을 뿐입니다. 그는 마음의 응어리를 깨끗이 없애지 못하는 것입니다. '그렇게 싫다고 말하는 걸 낙으로 여기며 살아가고 있구나' 싶지만 그런 말은 하지 않습니다. 그냥 "좀 재미있게 살지 그러나"라고만 말해줍니다.

인간관계의
치장은 금세
벗겨집니다

아내를 지독히도 울리며 살다가 마지막에는 아내에게로 돌아가고 싶다는 생각을 하는 것은 남자들의 흔한 경향이라고 합니다. 이건 응석입니다. 부부 사이에 벌어진 틈을 그대로 두면 노후에는 제대로 돌봐주지 않을지도 모른다는 위기감도 있을 것입니다.

그래서 일정한 나이가 되면 아내가 소중하다고 말합니다. 그러고는 "아, 다행이야, 이제 노후는 편안할 거야"라고 말합니다. 하지만 사실은 편안한 걸까요? 도대체가 이제 와서 소중하게 대해준다고 아내가 좋아하겠습니까?

옛날 여성과는 달라서 요즘 여성들에게는 이혼의 문턱이 낮아지고 있습니다. 남편에게 순종하는 척하면서, 차곡차곡 자기계발을 도모하고 학창시절의 친구와 꾸준히 만나면서 정보교환도 하고 게다가 '퇴직금 이혼'이라는 복안도 가지고 있습니다. 그 중에는 남편이 이제 와서 새삼스럽게 기대는 것을 귀찮다고 생각하는 아내도 있을 것입니다.

술 취한 연인이 공원의 계단을 오르고 있었다고 합니다. 그때 험상궂은 사내가 놀려대자 남자는 그에 맞서 항의를 하다가 오히려 얻어맞을 뻔했습니다. 그리고 문득 정신을 차려보니 애인을 내동댕이치고 자기 혼자만 계단 아래까지 도망치고 있더라는 젊은 이가 있었습니다. 평소에는 '당신밖에 없어' 어쩌고 하더니 자신에게 위험이 닥쳐오자 줄행랑을 놓는 겁니다. '당신밖에 없어'라는 말도 입으로만 지껄이는 겉치레였던 거지요.

자기 집 마당은 깨끗하게 손질해서 동화의 나라에 나오는 정원처럼 꾸며놓고, 밖에서는 길거리에 담배꽁초를 함부로 내던지는 사람도 형편없는 겉치레꾼입니다.

그래서 담배꽁초를 함부로 버리는 사람에게는 이렇게 말해주지요. "중요한 걸 떨어뜨리셨습니다" 하고. 그러면 흠칫해서 눈을 부릅뜹니다. 그러다가 금방 이상한 표정이 되지요. '무슨 소리 하는 거야, 이 영감' 이렇게 얼굴에 써 있습니다. "아, 떨어뜨린 게 아니었던가요?" 이렇게까지 말하면 알아듣는 사람은 알아듣습니다. 대놓고 "버린 겁니다" 이렇게는 말할 수 없으니까 잠자코 주워다 버립니다.

이렇게 짓궂은 장난을 걸어주는 건 그래도 행색이 좀 반반한 사람에게만 합니다. 행복한 가정을 꾸리고 있을 법한 사람에게만 하는 겁니다.

그런 사람들은 훌륭한 아버지역을 수행하는 것도 눈가림일 뿐, 자기 자녀가 보고 있지 않으면 예절 같은 게 무슨 소용이냐, 이런 겁니다.

사람 사이에 생긴 틈을 눈가림으로 봉해버리면 된다고 생각하는 남자들에게 '눈가림은 어차피 눈가림이라 금방 벗겨진다'는 말을 해주고 싶을 뿐입니다.

무슨무슨 위원이네, 무슨무슨 이사네, 무슨무슨 표창장이네 그런 것에 정신이 팔린 남자에게도 짓궂게 장난을 걸어줍니다. '그런 걸로 자신의 인생을 눈가림할 생각입니까?' 하는 의미지요.

술집에서 큰소리로 웃으면서 속이 보이는 허풍을 떠벌이는 남자가 있었는데, 그가 벗어놓은 양복 주머니에다 공중전화 부스에 붙어 있는 유흥업소 명함을 한두 장 넣어준 적이 있습니다.

집에 가서 부인에게 닦달을 당했는지 어땠는지는 알 바가 아닙니다. 아마도 아무 일 없이 지나갔을 테지만.

"간테이 선생님은 참 할 일도 없는 모양이군, 나잇살이나 먹어 그런 장난이나 치고" 이렇게 말하는 사람도 있지요. '여기저기 눈 가림을 하면서 시치미를 떼고 살아가는 것보다야 훨씬 재미있잖아' 이렇게 대답해 주고 싶습니다.

그리고 이건 여담이지만 공원을 걷다가 여자 친구 일로 말썽이 일어나자 도망치던 젊은이에게는 싸움의 필승법을 가르쳐주었습니다.

상대로부터 눈을 떼지 말고 상대의 발톱 끝을 꽉 밟아줍니다. 그리고 차이를 두지 말고 이마빡을 힘껏 밀어내는 겁니다. 이렇게 해서 쓰러지지 않는 녀석은 없으니까 그 사이에 여자 친구와 도망치면 된다고.

나는 젊은 시절부터 이 방법을 써서 실패한 적이 없습니다. 내가 힘없는 영감이라고 깔보고 덤볐다가는 다치는 수가 있습니다. 하기야 여기서 공개해버렸으니 이 방법은 더 이상 써먹을 수가 없겠지만 그밖에도 여러가지 요령을 알고 있으니까 끄떡없습니다. 경험에서 터득한 호신의 요령은 얼마든지 있습니다. '불량'이 싸움에 강하다는 건 상식 아닌가요, 허허.

벌거숭이로
태어났으니 마지막에도
벌거숭이로

회사가 재미없다느니, 상사가 멍텅구리라느니 하는 말을 술안
주로 삼는 남자가 있었습니다. 그 남자의 말을 들으면서 나는, 불
평불만에 가득 차면 몸에 좋지 않으니까 '그렇게 싫으면 회사를
그만두면 될 텐데' 하고 생각했습니다. 하지만 그만두면 먹고 살
수가 없다고 합니다.

먹고 사는 건 간단합니다. 전쟁 직후라면 모르지만 요즘 세상에
굶어죽는 사람은 거의 없습니다.

나는 걸식행각도 해봤고 먹을 것도 없이 몇 주 동안이나 산속
을 헤매어본 적도 있습니다. 목이 마르면 계곡을 찾아 내려가 손
우물을 만들어 떠마시고, 배가 고프면 나무 열매를 따서 연명했
습니다. 인간이란 죽을 지경에 이르면 어떻게든 먹고 살 수 있습

니다.

그렇다고 회사를 그만두고 걸식행각이라도 하면 된다는 뜻은 아닙니다. 소유물과 돈과 불만에서 저만치 떨어져보는 것이 좋다는 말입니다.

물건이나 돈이 마음속 중심을 차지하면 마음은 불안해집니다. 왜냐하면 그런 것들은 양이나 값으로 잴 수 있는 것이기 때문에, 위를 보고 살자고 치면 끝도 없습니다. 그만두면 먹고 살 수가 없다는 것은, 문자 그대로 굶어죽는다는 의미가 아니라 지금과 같은 생활을 유지할 수가 없다는 것이겠지요. 지금 생활이란 '다른 사람들처럼'이라는 의미일 것입니다. 또한 지금은 다른 사람들처럼 물질적인 생활을 보내고 있다는 의미일 것입니다.

자녀를 떠나서, 부모를 떠나서, 친구를 떠나서는 살 수 없으니 그 소중함에 대해서는 자주 말하지만 물건으로부터 떠나는 데 대한 소중함은 의외로 언급되지 않습니다. 나는 앞에서 내 나이를 헤아리고 있을 틈이 없다고 썼지만 물건이나 재산의 많고 적음을 헤아리는 생활도 하고 싶지 않습니다. 그런 생활은 피곤하기만 합니다.

지난번에 신주쿠 역 옆에서 노숙자 한 명이 멍하니 앉아 있는 것을 보았습니다. 그의 발밑에는 터질 듯이 팽팽한 종이봉투가 스무 개 정도 놓여 있었습니다. 달랑 몸뚱이 하나지만 살다 보면 필수품이 의외로 늘어나는가 봅니다. 이것도 시대의 반영이라는 생각은 하지만 내가 걸식행각을 할 때는 문자 그대로 몸뚱이 하나밖에는 아무 것도 없었습니다.

물건들이 마음속을 차지하지 않도록 하면 남들과 같기를 바라는 마음은 희박해집니다. 눈에 보이는 것에 관심이 가지 않기 때문에 세상과의 비교는 무의미해집니다. 그렇게 되면 생활의 불안따위는 어느 것 하나 찾아볼 수 없게 됩니다.

50대를 중심으로 장래에 대한 생활불안이 확산되고 있습니다. 정년까지 회사에 남아 있을 수 있을지, 연금은 어떻게 되는지, 노후는 안심하고 보낼 수 있을지, 그런 일로 불안해 하는 사람에게도 똑같은 말을 해주고 싶습니다.

유산을 포기하고 순례여행을 떠난 사람을 알고 있습니다. 모두가 갖고 싶어하는 것들을 깡그리 던져버리는 사람이 있다는 사실을 기억해두어도 손해는 아닐 것입니다.

나는 생활에 불안 같은 건 없습니다. 넉넉한 사람들에 둘러싸여 있다는 요인도 있지만 애당초부터 물건이나 돈에 대한 집착이 적었기 때문입니다. 25년 전, 집에 불이 났을 때도 의외로 태연했습니다. 단지 다른 사람에게 빌린 물건들이 있었기 때문에 그것만은 어떻게든 불에 타지 않게 해달라고 소방관들을 붙잡고 애원했습니다. 물을 끼얹는 건 좋지만 수압 때문에 망가지지 않게 해달라고 부탁했더니 안개분무로 해서 물을 뿌려주었습니다. 마음이 너그러운 소방관이었지요.

고작 25년이 지난 지금 또다시 꽤 많은 물건들이 모였습니다. 앞에도 썼지만 고문서 등은 대학 같은 기관에 기증할까 생각 중입니다.

차근차근 정리해 나가다가 마지막에는 몸뚱이 하나로 가뭇없이 사라지고 싶습니다. 어머니가 돌아가셨을 때 장롱 안에는 몇 장 되지 않는 속옷밖에 남아 있지 않았습니다. 그와 같은 삶의 자세, 그런 죽음의 자세가 바로 내가 원하는 바입니다.

몸뚱이 하나라는 홀가분함은 불교 수행 때부터 줄곧 추구해오던 바였습니다. '성장한다'는 것은 '생의 마지막에 몸뚱이 하나가 되는 것이구나' 하는 생각도 듭니다. 그런 마음자세를 즐기는 것이라고 생각합니다.

벌거숭이로 태어나 여러가지를 즐기게 되는 것이 인생입니다. 인생에서 느끼는 감정, 즉 쾌락이든 고통이든 모두가 인간으로 태어났기 때문에 느낄 수 있는 즐거움입니다. 실컷 즐기며 살다가 마지막에는 몸뚱이 하나, 벌거숭이로 죽어야 앞뒤가 딱 들어맞는

인생이지요. 그런 삶의 자세가 홀가분하게 살아가는 일이라고 생
각합니다.

답답한
삶은
딱 질색입니다

항상 고구마처럼 살다가 죽고 싶다는 생각을 합니다. 다른 책인 《인생, 너그럽게》에서 그렇게 썼더니 아는 사람이 '고구마 노래'라는 걸 만들어주었습니다.

고구마는 양끝이 가늘고 가운데가 굵게 생겼지요. 인생도 그렇다고 생각하는 겁니다. 태어났을 때는 선처럼 가늘고, 그러다가 차츰 굵어지지요. 전반의 인생은 그렇게 굵어집니다. 인생의 상승 가도지요.

그러나 하강길에 접어들면 다시 가늘어지다가 마지막에는 고구마 꼬리처럼 슬그머니 없어집니다.

요즘 내 인생은 점점 가늘어지는 단계입니다. 때가 되면 스르르 사라질 겁니다. 그게 죽음입니다. 나는 스르르 가늘어지다가 가뭇

없이 사라지고 싶습니다.

80이 넘었으니까 죽음은 이전보다 훨씬 가까이에 와 있습니다. 하지만 워낙에 태평스런 성격인 데다가 '죽는 것'과 '사는 것'의 경계에 대해 늘 생각하고 있기 때문에 죽음이 무섭다고 생각한 적은 없습니다.

나도 언젠가 죽을 겁니다. 그것은 이쪽에서 저쪽으로 한 발짝 내딛는 일이고 생과 사의 경계를 넘었다는 정도의 느낌이 아닐런지. 저쪽으로 가버린 지인이나 친구는 아무도 돌아오지 않았으니까 나름대로 저쪽이라는 데가 좋기는 좋은 모양이다 하는 생각도 듭니다.

생과 사의 경계 이외에도 현실에는 여러 가지 경계가 있습니다. 예를 들면 산을 그리고 있을 때, 거침없이 그려나가던 능선이 종이가 끝나는 지점에서 끊어져버립니다. 산은 계속 이어지고 있지만 종이 위에서는 한계가 있지요. 면적이 한정되어 있는 것에 끝이 없는 자연을 옮겨놓는 일이니까요.

이럴 때 종이가 없어도 그냥 선을 쪽 그어나갑니다. 그게 내가 보고 있는 것에 더 가깝기 때문입니다. 종이가 다 되었다는 건 내게 있어서 그다지 의미가 없습니다.

글씨도 그렇습니다. 종이에 쓰인 글자의 모습을 문제로 삼지만 붓글씨에서 중요한 것은 종이 위에서 손과 붓이 어떻게 움직이는 가 하는 그 입체적인 모습이 중요합니다. 종이에 쓰인 글자는 손과 붓이 어떻게 움직였느냐 하는 그 반영에 불과합니다. 평면과 입체의 경계에 있는 것은 무엇일까를 생각하는 겁니다.

산에 올랐다고 합시다. 어두워져서 길을 잃고 말았습니다. 초조한 마음에, '어떻게든 내려가야 할 텐데'라는 조바심이 들기 시작하고 결국에는 어둠 속을 헤매다가 조난을 당합니다.

이럴 때, '왜 꼭 내려가려고 하는 거지?'라는 의문을 품어봅니다. 인간은 어디 있든 지금 있는 이 장소가 자신이 있을 곳이라고 생각하면 돌아가지 않아도 상관이 없습니다. '잠시 여기 있지 뭐' 하는 기분이 되는 겁니다. 산에 살고 있는 동물은 조난을 당하지 않습니다.

내게 있어서 항상 내 발이 딛고 서 있는 그곳이 내가 있을 장소이지, 우리 집이나 그밖의 장소라는 경계는 없습니다.

어쨌거나 경계를 갖는 것은 답답하기 짝이 없습니다. 이래야만 한다든가 저렇게 해야만 한다든가는 모두 경계의 저쪽이냐 이쪽이냐를 문제로 삼고 있는 결과입니다. '있을 일'과 '없을 일', '죽을 일'과 '살아갈 일' 모두 경계를 설정하고 있는 겁니다. 내가 보기에는 '성실한 노인'과 '불량 노인'의 경계도 없다 이 말입니다.

죽음이
가까우면
삶이 즐겁습니다

　앞에서 임종을 맞은 선애 선사에 대해 언급했었습니다. '죽고 싶지 않아'라는 수수께끼를 제자들에게 남기고 돌아가신 분입니다. 그 선사의 초상화는 넉넉하고 소박한 모습입니다. 좋은 작품이지요. "가작(佳作)이란 이런 거지"라고 했다가 빈축을 산 적도 있지만 내가 보기에는 아주 아름다운 모습이었습니다.

　당당하게 죽음을 맞이한 분도 있습니다. 즉신성불(卽身成佛)이라는 수행법이 있는데, 살아 있는 동안에 대나무로 숨구멍만 뚫어놓은 흙 속으로 들어가 거기서 서서히 미이라가 되어가는 것입니다. 흙 속으로 들어가 입구를 막아버린 뒤에 '안 되겠어' 하고 생각한들 이미 어쩔 도리가 없습니다.

　친구의 죽음은 슬프지만, 예술가나 그밖의 세계에서 상이나 명

예를 원하며 일하던 사람이 죽었을 때는 '욕심이라는 독이 온몸에 퍼졌군'하고 생각할 뿐입니다. 살아가는 모습이 곧 죽어가는 모습입니다.

내가 군대 생활을 할 때에는 전쟁 중이어서 죽음은 늘 가까이에 있었습니다. 먼저와 나중이라는 차이는 있지만 모두가 죽는 것이라고 생각했습니다. 그때만큼 절실한 느낌이 요즘에는 없습니다. 여차하면 옛날 선승의 말대로 "지금까지는 남의 일인 줄 알았는데 막상 내 차례가 되니 이거야 참을 수가 없군" 이렇게 되는 게 아니겠습니까? 참을 수가 없어, 참을 수가 없어 하고 중얼거리는 것은 분명 죽음 쪽으로 한 발 내딛는 정도의 기분이라고 생각합니다.

내가 생각하는 죽음에 대해 써보았는데, 중요한 것은 '지금' 살아 있다는 겁니다.

나이가 드니 이제 인생을 다 살았다고 생각하는 건지, 모든 면에서 위축되어버리는 사람이 많이 있습니다. 잔뜩 위축되어 있는 사람은 그런 경지를 깨달을 수가 없습니다. 고갈된다는 것은 위축된다는 의미겠지요. 말라비틀어진 나무처럼 되어버리면 장례식 때 화장하기는 좋겠습니다.

하지만 몸과 마음은 같지가 않습니다. 몸은 고갈되어도 마음은 놀랄 정도로 싱싱함을 감추고 있습니다. 죽고 싶지 않다던 선승의 임종 때 모습을 봐도 알 수 있습니다. 몸은 병을 이기지 못해도 마음은, 싱싱했던 무렵의 따스함을 간직하고 있습니다. 마음까지 노령일 거야 없지 않겠습니까? 마음만 고쳐먹는다면 언제라도 청년 시절로 다시 돌아갈 수 있습니다.

중요한 것은 역시 '지금'입니다. 설사 90살, 100살이 되더라도 중요한 것은 '지금', 이것밖에 없습니다. 불량 노인이라고 여겨도 좋으니까 '지금'을 소중하게 살고 싶습니다.

나는 앞에서 '노화방지 학원'을 만들겠다고 했습니다. 거창하게 만들 생각은 없습니다만 뻔뻔한 불량 노인의 헛소리도 아닙니다. 진짜로 해볼 생각입니다.

거기서 가르쳐보려고 내심 작정한 내용 가운데 90퍼센트는 이 책에서 이미 다 밝혀놓은 것 같군요.

나머지는 실천뿐이다 이거지요.

맺음말

이 책을 좀더 빨리 간행할 생각이었지만 스페인에도 가고 몽골에도 가고 또 개인전 준비가 몇 번 있었고 해서 능장을 부렸습니다.

원고를 정리하려고 생각했을 때 '고대인의 똥'이라는 말이 마음에 걸렸습니다. 당장이라도 나올 것 같습니다. 고대인의 똥으로 추측되는 화석이 말입니다. 전문가에 의하면 그들은 상당히 풍요로운 식생활을 했던 모양입니다. 그 점은 현대인도 마찬가지지요. 그럼에도 불구하고 그들의 똥에는 뚝심 같은 존재감이 있습니다. 똥에도 삶이 드러나는구나 싶었습니다.

고대인의 똥처럼 강인함을 가진 똥을 싸고 싶습니다. 그런 생각으로 써나갔습니다.

지은이 · 세키 간테이 조각가. 도쿄에서 출생. 1933년 고등소학교 졸업 후 국수집에서 견습사원으로 근무하다 17세에 조각가 사와다 세이코 씨의 문하생이 되었다. 1949년, 태평양전쟁으로 소실된 도쿄 나카노, 보선사의 본전 불상 등을 조각하여 봉납했고, 1955년에는 산문山門 금강역사를 봉납했다. 1951년, 32세에 진언종眞言宗 대승정으로부터 밀법 전수를 받았다. 1992년에는 발원 후 30여 년에 걸쳐 탈활건칠脫活乾漆 기법으로 만든 홍법대사상弘法大師像을 봉납했다. 조각 외에 그림과 글씨에도 뛰어나며 골동품에 대한 조예도 깊다. 작가인 고 야마구치 히토미와 친교가 두터웠고 그 작가의 에세이에 '도스토씨' 라는 이름으로 자주 등장했다. 저서에는 《古美寶鑰 — 간테이 고미술 대담》, 《인생, 너그럽게》 등이 있다.

옮긴이 · 오근영 1958년 서울 출생, 일본어 전문번역가. 번역한 책으로는 《기습》, 《패왕 후히토》, 《부부 그 신비한 관계》, 《르네상스의 미인들》, 《소년H》, 《악의》, 《아내의 여자 친구》, 《굽이치는 강가에서》 등 다수가 있다.

불량하게 나이드는 법

초판 1쇄 인쇄 2009년 7월 6일
초판 1쇄 발행 2009년 7월 16일

지은이 | 세키 간테이
옮긴이 | 오근영
펴낸이 | 한 순 이희섭
펴낸곳 | 나무생각
편집 | 정지현 이은주
디자인 | 이은아
마케팅 | 나성원 김종문
관리 | 김하연
출판등록 | 1998년 4월 14일 제13-529호
주소 | 서울특별시 마포구 서교동 475-39 1F
전화 | 02)334-3339, 3308, 3361
팩스 | 02)334-3318
이메일 | tree3339@hanmail.net
홈페이지 | www.namubook.co.kr

ISBN 978-89-5937-173-0 03830